新潮文庫

ひなこまち

畠中 恵著

目次

挿画　柴田ゆう

ひなこまち

ろくでなしの船簞笥

序

若だんなはある日、一つの木札《きふだ》と出会った。
櫓炬燵《やぐらごたつ》を作りに来た、指物師《さしものし》の荷に紛《まぎ》れ、その札は長崎屋《ながさきや》へやってきたのだ。
書かれていたのは、平易な文であった。
『お願いです、助けて下さい』
書いた者の願いは、はっきりしていた。
ただ。
救うだけでなく、五月の十日までに助けて欲しいと、日時が切られていたのだ。
五月というと、あと数ヶ月の後であった。
そうでないと、間に合わないという。

それだけ間があれば、己《おのれ》でも手を貸す事が出来るかもしれぬと、ふと思う。

しかし、誰の木札か分からない故《ゆえ》、期限の日が、直《す》ぐに来てしまうようにも感じるのだ。

若だんなは、そっとその木札を、手の内で握りしめた。

(助けが間に合わなかったら……どうなるんだろうか)

願いが叶《かな》わないのだろうか。

何かを無くすのか。

大きな悲しみに襲われる事もあり得る。

誰かを救えなくなるのかもしれない。

一体その人は、何をしたいと思い、どういう願いを抱いているのだろうか。

分からない。

分からないから、不安と心配が、波のように打ち寄せて来て、いたたまれない。

木札が不思議な縁で、その人の願いと共に、若だんなの元へ届いたのだ。

だから、その人に向き合ってみたいと思うのに……相手の名が、分からなかった。

その誰かも、若だんなの思いを知らない。

若だんなは困ってしまい、ただ木札を見つめるしかなかった。

1

江戸は通町《とおりちょう》で、廻船問屋《かいせんどんや》と薬種問屋《やくしゅ》を開いている長崎屋は、律儀《りちぎ》な商いで知られる大店《おおだな》であった。

そして店主夫妻は、跡取り息子の一太郎《いちたろう》を、それは盛大に甘やかすことでも、近在に名を馳《は》せていた。

息子本人の望みとは関係無く、蜂蜜《はちみつ》と黒砂糖を、箸《はし》が立つ程加えた甘酒のように甘やかすものだから、当の若だんなは、度々深い溜息《ためいき》を漏らす事になる。

その上長崎屋には、若だんなを大切にすれば、この世は安泰だと信じている兄《にい》やが、二人ばかりいるのだ。

仁吉《にきち》と佐助《さすけ》は、大妖《たいよう》である若だんなの祖母と同じで、人ではない。故に、『人並み』という言葉は使わない。そんなことは、気にもしない。よって、若だんなが住んでいる離れには、時々変わった物が現れるのだ。

「あれ？　ねえ佐助、これは多分……炬燵だよね？」

十月の、二度目の亥《い》の日。やれ、今日は炬燵開きだねと言いつつ、離れの居間に入った若だんなが、部屋の端で立ち止まった。

畳の上に、真ん中が四角く盛り上がった、巨大な布団《ふとん》の塊があったのだ。離れに巣くう怖い顔の小鬼、身の丈数寸の鳴家《やなり》達が、布団からころころと滑り落ちて、皆で楽しんでいる。大妖を祖母に持つ若だんなの周りには、いつも妖《あやかし》が集《つど》っているのだ。

仁吉と佐助がにこやかな顔を、若だんなに向けて来た。

「おや若だんな、炬燵は毎年出してますのに、珍しいんですか？」

「こんなに大きなのは、初めて見たよ」

城や武家屋敷ならばともかく、町家だと、ひと部屋は八畳や六畳、四畳半位が多く、大して広くはない。長屋などでは、六畳一間に家族で暮らしているのだ。

そのせいか江戸では、家具も道具類も、邪魔にならない程度の、小振りなものが多かった。炬燵だとて、二人も入れば一杯という大きさのものを、よく見かける。

だが。目の前の代物《しろもの》は、大人四人が入っても、なおゆったりと出来そうな程大きかった。

「どこで、こんな品を見つけたの？」

「若だんな、そりゃ知り合いの指物師に、特別に作ってもらったに決まってます。邪魔にならないか、ですって？　大丈夫、面白い作りにして貰《もら》いましたから」

仁吉によると、お前さんなら出来るだろうか、いや無理かなと指物師をあおり立て、炬燵の足が外れる、からくり作りにして貰ったという。暖かくなったら平らにして、天井裏に上げるつもりなのだ。

「親方は、技が一段上がったと言ってました」

指物師には細工が得意な者が多いが、今回の注文ほど厄介なものは珍しいと、仁吉は言われたらしい。

「足を外す時は、付け根の所の木を動かすんです。右に一太郎若だんなの一、左に仁吉の二、また右に佐助の三、という回数、回します」

仁吉が炬燵布団をめくり上げ、数えながら、櫓炬燵の木を左右に回すと、一本の足が、かたりと音を立てて外れた。すると部屋の隅にある屏風《びょうぶ》から、付喪神《つくもがみ》の屏風のぞきが出て来て、己も足を外して面白がる。更に、いつの間に来たのか、貧乏神の金次《きんじ》や妖の鈴彦姫《すずひこひめ》も、興味津々《しんしん》足を外すと……当然のことながら、四本の支えを失った櫓が落ち、中で遊んでいた小鬼達が潰《つぶ》れた。

「きゅんげーっ」

怒った一匹の鳴家が、屏風のぞきの額を、木札のようなもので、こんこん叩《たた》いている。若だんなは慌《あわ》てて小鬼をつまみ上げ、袂《たもと》に入れた。それから木札を手に取ると……ふと眉《まゆ》を顰《ひそ》めた。

「仁吉、佐助、この木札、色々書いてあるよ。誰かに宛《あ》てたものみたいだ」

「おや、何でしょう」

若だんなが木札を、組み立て直した炬燵の上に置くと、妖達もそれを覗《のぞ》き込む。札に書かれている文は平易で、はっきりしていた。

『お願いです、助けて下さい』

しかも、ただ救うだけでなく、五月の十日までに助けて欲しいと、日時が切られていた。そうでないと、間に合わないと記してある。若だんなと妖達は、顔を見合わせた。

「あと、数ヶ月だね。きっと木札の主は困って、これを書いたんだろう。どうしよう」

「大丈夫です、若だんな。困っているのは若だんなじゃないですから、江戸は安泰です」

「どこからそういう考えを、引き出してくるんだい」

兄や達の言葉に溜息をついてから、若だんなは鳴家の頭を優しく撫《な》でた。

「鳴家や、これ、どこから持ってきたの？」

もしかして、近所の稲荷《いなり》神社かどこかへ納められていたものを、拾ってきたのだろうか。ならば、急いで戻さねばならないと言うと、懐《ふところ》の鳴家は、「きゅい」と鳴いて、嬉《うれ》しげに目の前を指さした。

「あったの、ここ」

指し示されたのは炬燵で、何と木札は、櫓炬燵を指物師が届けに来た時、一緒に長崎屋へやってきたらしい。職人が来たので、長崎屋ではついでに、開けにくい引き出しとか、あれこれ見て貰った。その時、職人が持ってきた道具入れの中に、木札も入っていたようなのだ。

別に大事な品でもなかったようで、職人は仕事で出た木っ端《こっぱ》と一緒に、その木札も置いていった。それで鳴家は玩具《おもちゃ》代わりにそれを手にし、ついでに屛風のぞきを叩いたのだ。

「修繕に使う、木ぎれだったんだろうか。でも何でそんな所に、書き付けが……」

それとも、誰かが真剣に願い事を書いた木札が、他の木に紛れ、指物師の所へ行き着いてしまったのか。若だんなは眉尻《まゆじり》を下げ、何となく不思議な木札を見つめる。

「これだけじゃ、困っている人の名も、助けてと言われた人が誰かも、分からないよね」

せめて、この木札が相手に届いていない事を伝えたいのだが、それすら出来ない。

するとと鳴家が、機嫌良く言った。

「困ってる人、助けて欲しい。だから助けてって、また若だんなに頼む」

「あ、あっちから名乗り出て来るってことか」

妖達が揃《そろ》って頷《うなず》く。しかし、若だんなは苦笑を浮かべた。

「あのね、これは、たまたま長崎屋へ来たものみたいだ。だから、ここには誰も来ないよ」

その時であった。佐助が不意に立ち上がり、中庭の向こうにある、母屋《おもや》へ走ったのだ。客人の気配がしたようであった。

「ほら、助けてって、誰か言いに来た！」

妖達は直ぐ、影の内に隠れたが、人に見えない鳴家だけは、炬燵の上で小さな足を踏ん張り、庭へと目を向ける。若だんなは、現れた客人へ笑みを向けた。

「おや小乃屋《おのや》の七之助《しちのすけ》さん、冬吉《ふゆきち》さん、久しぶり。上方《かみがた》からお帰りだったんですか」

「若だんな、今日は寝込んでなくて何より」

友の七之助は明るく挨拶《あいさつ》をすると、何やら渋い顔の弟、冬吉と共に離れへ上がった。

七之助は上方から、幼なじみの娘を嫁に貰う事が決まっている。それで打ち合わせと、病の祖父の見舞いを兼ね、弟と二人、上方の生家に暫《しばら》く逗留《とうりゅう》していたのだ。

「きゅんい、冬吉」

客が小乃屋の兄弟だと分かると、隠れた妖達は、ほっと息をついた。

小乃屋の兄弟は普通の人故、他の者達と同じように、鳴家など見る事は出来ない。しかし二人は、災難に巻き込まれた経験から、若だんなの知り人の中では珍しくも、妖が離れにいる事を承知しているのだ。

この時、居間へ入った兄弟の足が、一寸《ちょっと》止まった。

「おや若だんな、びっくりする程大きい炬燵ですなぁ」

すると、「きゅんいー」と楽しげな声が、部屋内に聞こえる。兄弟の顔に、さっと笑みが浮かんだ。

「ああ、仲間が多いさかい、ここの離れの炬燵は、大きい方が良さそうやな」

二人もさっそく炬燵へ潜り込み、土産だといって、雪の模様が散った六角小箱を差し出す。若だんなが明るい声で礼を言うと、冬吉の背後から別の声が掛かり、茶の横に置かれていた大福が消えた。

「おや、京指物だね。うん、良い品だ」

こりゃ、まだまだ小乃屋にゃとっ憑《つ》けないと、現れた貧乏神が大福を食べつつ言い、へらへらと笑う。

「あ、貧乏神様、どうもぉ」

やはりこの神様は苦手のようで、七之助は顔を強《こわ》ばらせている。しかし、今日の七之助は、それでも帰る様子は見せなかった。それどころか相談したい事があると、突然若だんなと、そして金次にまで縋《すが》ってきたのだ。

貧乏神が笑う。

「おお、本当に困りごとが、やって来たぞ！」

「七之助さんが、木札の主だったんですか？」

さすがに驚いて、若だんなが問う。だが七之助は、寸《すん》の間《ま》目を大きく見開き、若だんなを見つめてきた。

「あの、木札って何ですか？　それでその、あたしが困ってることを、知ってたんですか？」

「あれ？　木札は七之助さんのものじゃ、ないんだ。じゃあ困ってるのは……」

若だんなが思わずつぶやくと、七之助は若だんなの手をがばりと握りしめ、真剣な調子で連呼した。

「あたしです。困ってます。大いに、ほんとに困ってます。泣きそうなんや！」

そして困り事の元は、木札ではなく、船簞笥《ふなだんす》だと口にした。佐助が片眉を上げる。

「船簞笥？　あの千石船《せんごくぶね》なんかで、貴重な品を入れておく、簞笥の事ですか？」

外側は漆《うるし》仕上げで、美しい金飾りが付けられた堅牢《けんろう》なものだ。中は桐《きり》材で出来ていて、航海中、船が万一事故にあっても、船簞笥は水に浮くと言われている。

「船で使うものだけに、小さいものが多いそうですが」

七之助が頷き、自分が見た船簞笥も、高さが一尺半、底は縦横一尺の、小振りなものだと言った。

「実はな、その簞笥、祖父のものやった。先頃亡《な》くなりまして」

「おや、それはまた」

若だんながお悔みを口にすると、兄弟は礼を言って頭を下げる。

「おおきに。けどまあ、祖父は歳《とし》やったさかい。眠るようにして、亡くなったし」

そして船簞笥は、祖父が残した形見であった。

「本来なら困るようなもんと、違うんやけど」

佐助が新たな菓子と茶を、盆に載せてくれたのも見ず、二人は直ぐに、上方での出来事を語り出した。

ったのだ。

2

「祖父は、上方にある本家の隠居でおました」

つまり、小乃屋の本家、唐物屋乃勢屋《からものやのせや》はとうに伯父が継いでおり、気楽な身分であったのだ。

七之助によると、祖父は兄弟の父親である次男の辰治郎《たつじろう》や、七之助兄弟を、それは可愛《かわい》がってくれていたらしい。

しかし、七之助達が江戸から祖父の見舞いに駆けつけると、親戚《しんせき》らは余り歓迎してくれなかったのだそうだ。小乃屋一家は既に分家し、おまけに上方を離れている。その事を心得ておけと、何より先に言ってきたのだ。

「あー、つまり先代が亡くなっても、小乃屋さんは何も言うな。残されたものを欲しがるなと、釘《くぎ》を刺したんですね？」

佐助が口を歪《ゆが》めて言った言葉に、冬吉は頷いた。しかも伯父らはその事を、寝付いている祖父自身にも、念押ししたというのだ。

「きゅい、悪い奴《やつ》」

鳴家が炬燵の上で、七之助の表情を真似《まね》、顰《しか》め面《つら》を浮かべている。仁吉が薄く笑った。

「小乃屋さんは江戸で、上手《うま》く商売をされてます。親戚方はそれが、気に入らないんじゃないですか？」

遥《はる》か東の地へやった、格下扱いの分家であった。よって最初は分家とはいえ、江戸《えど》店《だな》並の扱いであったのだ。本家の扱う豪華な品物を、本家が紹介した客達に、江戸で売らせていたらしいと、仁吉は聞いていた。その時幾らかを、小乃屋が受け取るという商いをさせていたのだ。

しかし。小乃屋はじきに、長崎屋との付き合いなどから、本家が勧める華美なものでは、江戸での商売に合わぬと、荷を断わるようになった。己で選んだ地味な品を、扱うようにしたのだ。そして最近は、近江《おうみ》に暮らす他の分家達より、商いを広げ始めているらしい。

七之助が、黙って頷いた。

「祖父に付き添い、二月《ふたつき》ほど上方に居《お》りましたが……胃の腑《ふ》が痛い毎日でしたわ」

江戸へ来た当初、七之助はいつか、上方へ戻りたいと思っていた。生まれ育った場所であったからだ。

なのにその上方が急に、懐《なつ》かしくはあるが、他所《よそ》の土地に変わったと口にする。気がつけば、戻るべき場所だと思うのは、江戸になっていたのだ。

「祖父は亡くなる三日前、親戚、番頭達、医者を寝間《ねま》に集め、あれこれ言い残しました」

大概は既に、一度話していた事だった。だが船簞笥の事だけは、皆、初耳だったのだ。

「船簞笥は江戸の父に、形見として残す。中に入っているものは、あたしと弟にやると、祖父はそう言ったんですわ」

古い、ろくでなしの簞笥だが、かわいい孫達に、江戸で使ってほしいと言い、二人の目をみつめたのだ。

「きゅい、お菓子が一杯、入ってた？」

冬吉が笑う。

「鳴家、見えないけど、炬燵の上にいるんだよね？　いいや、食べ物は無かったよ」

祖父は寝床から腕を伸ばし、船簞笥の抽斗《ひきだし》を開け、中に入っていたものを皆へ見せた。妙な貝が付いた根付《ねつ》けと、小さな玉の根付け、二つが出て来たそうだ。

「根付けは高い物には見えんかったし、船簞笥は、祖父お気に入りの古い品。まあ伯父も、形見として分けてもいいと言ったんや」

「それくらい、父御《ててご》に渡すのを惜しむと、伯父御はけちだという噂《うわさ》が立ちそうだよなあ」

「いや、一度とっ憑きたい相手であるわ」

屏風のぞきと金次が、いつの間にやら炬燵の脇《わき》で頷き合っている。

その後七之助の祖父は、もう余り話す事もなく、三日ほどで亡くなったのだ。

「葬儀は無事済みましたが、暫くは喪中。婚礼の話も進められませんよって、あたしらは江戸へ戻る事になりました」

するとこの時、伯父とその妻の兄叶屋《かのうや》が、また要らぬ事を言い出した。

「船簞笥をあたしへ渡す前に、もう一度、中を確かめさせろと言うて」

こっそり本家のものを、船簞笥に入れて持ち出すのではと疑われたようで、小乃屋の兄弟は面白くなかった。それで、気の済むまで調べたらいいと言ったのだ。

「だけど」

七之助と冬吉が、眉間《みけん》に皺《しわ》を寄せる。

「簞笥の抽斗が、開かなんだんや」

「えっ？」

祖父が、簡単に開けていた抽斗が、開かない。誰がやっても、開かない。伯父達が二人で金具を引いても、駄目であった。探したが、鍵穴《かぎあな》など見つからない。いっそ手斧《ておの》で打ち壊そうと、叶屋が言い出したが、それでは形見の簞笥が駄目になる。

「結局三日、あれこれ試したんやが、開けられなんだ。仕方なく、このまま江戸へ持って帰ると、あたしは言うたんやけど」

だがそれは、本家が承知しない。余分なものを入れた故、開かないのだろうと、益々《ますます》疑いを濃くしたのだ。中を確かめぬ内は、船簞笥を、小乃屋へ渡せないと言い張る。

「伯父もあたしも引かず、騒ぎになりましてな」

親戚達が割って入り、どうするかを考えた。乃勢屋の親戚叶屋は、江戸店を持っている。船簞笥は一旦《いったん》江戸へ送るが、預かるのは叶屋の江戸店と定まった。

「叶屋さんの大番頭さん達の前で、抽斗を開け、中を確かめる事が出来たら、船簞笥は小乃屋へ引き渡す。そう決まりました」

江戸にも腕の良い職人はいる。とにかく持って帰り、じっくり調べて貰えば、抽斗を開ける事は出来るだろうと考え、七之助は承知した。何しろ一度は何事もなく、開いたのだから。

ところが。

「船箪笥を江戸へ運んで来た早々、江戸叶屋の番頭さんが、使いをくれたんです。早く船箪笥を開け、引き取って欲しい。出来ないのなら、箪笥は上方へ返すと」

「おや、どうしてでしょう？」

若だんなが首を傾《かし》げると、答えたのは、冬吉であった。

「船箪笥が来てから、店で気味の悪い事が、起きるようになったんやて」

誰もいない筈《はず》の部屋で、妙な影を見たり。

魚が直ぐに腐ったり。

開かない妙な箪笥など預かるからだと、奉公人から不満が出たらしい。

「叶屋さんは、乃勢屋さんのお味方みたいだ。船箪笥を主《あるじ》に送り返そうと、江戸店の者が、口実を作ったんじゃないですか？」

仁吉がさらりとそう言うと、七之助は口を引き結んでいる。つまり、このままだと形見の船箪笥は、伯父に取られてしまいそうなのだ。

ここで七之助が不意に炬燵を出ると、櫓の上に両の手を突く。そして若だんなの顔をのぞき込んだ。

「なあ、若だんななら船簞笥、開ける事が、出来るんちゃいますやろか」

七之助は何しろ長崎屋には、不思議な妖が集《つど》っているのだ。その力を借りたくて、今日、長崎屋を訪ねてきたらしい。

すると、この頼みに返答をしたのは、若だんなではなく、佐助であった。

「申し訳ありませんが、うんとは言えませんな。妖は、便利に使える輩《やから》じゃありませんよ」

人は本来、深く関わるべきではない者達なのだ。佐助ははっきりと、そう言い切った。

「それに船簞笥が開かないのでしたら、七之助さん、それはからくり簞笥ですよ」

妖がいれば、どうにかなる代物ではないという。

「からくり、簞笥？」

「きゅい？」

七之助達と若だんなが顔を見合わせると、廻船問屋長崎屋を支えている佐助が、詳しい事を教えてくれた。

「船簞笥は、航海中、大事なものを入れておく為《ため》に、作られるものです。ですから勝手に開けられ、中身を盗《と》られたりしないよう、からくりが施されている事があります」

つまり、あちこちに仕掛けを施してあるので、鍵をかけてもいないのに、抽斗が開かなくなったり、中身がどこかへ消えてしまったりするのだ。

「若だんな、この櫓炬燵の足は、木組みを動かすと外れますよね？　ああいう仕掛けの事です」

船簞笥であれば、これよりずっと凝った仕掛けがある筈だという。そういう簞笥を貰う時は、使い方も受け継がねば、宝の持ち腐れになる。

若だんなが友の顔を見て、ちょいと首を傾げた。

「おじいさんは、船簞笥を小乃屋さんに残すと、言ったんでしょ？　開け方、聞かなかったんですか？」

「いや、そういう特別な簞笥とは、思ってなかったしなぁ。そういえば、これはろくでなしの簞笥やと、じいさま、笑ってた気がしますわ」

親戚達が側《そば》にいたので、後で開け方を書き付けにでもして、渡してくれるつもりであったのかもしれない。しかしその間もなく、亡くなってしまったのだ。

「どないしよう……」

「それにしたって、職人が作ったんなら、別の職人に頼めば、開けられるんじゃないのかなぁ」

若だんながぼやくと、余程作った者の腕が良かったのでしょうかと、仁吉があっさり言う。身を小さくした七之助の横から、若だんなはちらりと兄やを見た。

(仁吉ったら、七之助さんの心配ごとに、興味が無いみたいだ)

とにかく、若だんなが困っていない事には、兄や達はまず手を貸したりしない。

(けど……)

若だんなは眉根を寄せると、袖内《そでうち》に入れてあった木札を手にした。

(これは、七之助さんのものじゃないって言ってた。でもまるで、この木札が呼んだみたいに、困りごとが現れてきたんだ)

若だんなは木札を見た時、何とか書いた主を、助けたいと考えた。知らぬ相手であるのに、咄嗟《とっさ》にそう思ったのだ。きっと自分がこんな事を書くくらい困っていたら、誰かに……知らない人でもいい、哀れみでもいい、助けて欲しいと、そう思うだろうからだ。

(ましてや、同じように困っている七之助さんは、知らない人じゃないもの)

若だんなの、数少ない友であった。

若だんながしばし黙って考えていると、七之助が、若だんなに向き合ってきた。そして、妖達には失礼したと言って謝ってから、また、真剣な表情で頼み事をする。

「そんなら若だんな、船簞笥の開け方を、一緒に考えてくれへんか？」

江戸に下って、もう随分経《た》つ。かなり慣れてきたが、仕事上の付き合いばかりが多い。本心、心を許せる友というのは、まだ若だんなくらいだと七之助は言った。話し合える相手が欲しい。智恵《ちえ》も借りたい。手間をかけるが、友として、しばし時を借りられないかと、そう口にしたのだ。冬吉も頷き、頭を下げてくる。

すると、その頼みを聞き、兄や達の表情が、ぐっと硬いものに変わった。出かけたいと言い出すに決まっている若だんなを、止める気満々なのだ。

ところが。

「あの、申し訳ないけど、今は七之助さんと一緒になぞ解きをする間が、取れないと思うんだ」

離れにいた皆が、一斉に顔を上げた。若だんなは珍しくも、友の願いをはっきり断ったのだ。

「若だんな、せっかく七之助さんが、頼って下さったんじゃないですか。一緒に離れで、からくり箪笥の開け方を考えましょう」

「仁吉の言うとおりです。側に饅頭《まんじゅう》とお茶を置いて、綿入《わたい》れと炬燵で暖まりながら、ゆっくり考え事などしたらいいと」

3

翌日になると、兄や達は急に、小乃屋の兄弟に力を貸したくなった様子であった。が、若だんなはうんとは言わない。

代わりに鳴家を三匹ばかり懐と袖に入れると、張り切って、船箪笥を預かっている叶屋へ向かったのだ。

「形見の船箪笥が来た途端《とたん》、店で妙な事が起きるなんて、何か剣呑《けんのん》じゃないか」

もし今抽斗が開いたら、船箪笥は直ぐに小乃屋が引き取る事になる。

「でも、怪事の原因も分かってないのに」

若だんなはそれが、不安だったのだ。

「今度は小乃屋の皆に、妙な事が降りかかったら大変だもの」

しかし船簞笥絡《がら》みの異変を、元々は関係の無い叶屋が背負うというのも、気の毒な気がする。よって若だんなは、からくりを解く方は七之助に任せ、己が怪事の方を片付けようと考えたのだ。

暖かい着物を着て、駕籠《かご》を呼んで出かけた上に、兄や達がしっかり付いてきたにも拘《かかわ》らず、二人の機嫌は良くなかった。

「そろそろ、外に出ると寒いですよ」

「二人は一年中、外出は駄目だと言うじゃないか。先だっては、隣町で喧嘩《けんか》があったから物騒だって言って、出してくれなかった」

「ええ、ですから離れに居て下さると、安心なのですが」

きっと怪事は、船簞笥を手に入れたい、叶屋のでっち上げですよと佐助に言われ、若だんなは駕籠の中で溜息をついた。

「それなら、その証《あかし》を得たい。とにかく頑張るよ」

叶屋へ顔を出すと、どうやら七之助が使いをやってくれていたらしく、あっさり奥の間へと通してくれた。三人の前に、古い船簞笥が運ばれてきた後、叶屋の江戸店を預かる、齢《よわい》五十くらいの大番頭が顔を見せる。

「あれ、小乃屋の七之助さんは、長崎屋の若だんなさんと、お友達やったんかいな」

江戸店は、上方の大店が江戸へ出した分店で、勤めている者達は、皆上方で雇われ江戸へ下って来ている。だから大番頭の話言葉は、はんなりと柔らかであった。

若だんなが、頭を下げる。

「突然、船簞笥を見たいと押しかけ、申し訳ありません。七之助さんの友として、船簞笥を開けるのに、力を貸したいんです」

すると大番頭は、優しく笑って頷いた。

「七之助さんも若だんさんも、お店の跡取り息子。なのにお二方とも、奉公人であるこの大番頭にも腰が低うて、人が出来ておいでや」

なに、乃勢屋の隠居が長年使ってきた船簞笥故、妙な品であるはずがない。なのにあれこれ言い、こちらこそ申し訳ないと口にする。

「何が気になったんか、番頭さんが騒ぐから、小乃屋さんを心配させてしもて。きっと茂吉《もきち》の、思い違いやと思いますわ」

二番番頭、茂吉の事を口にする時、大番頭の口調が、ちょいとばかり硬くなる。大番頭と番頭、店を率いる奉公人達の間には、意見の相違があるのかもしれなかった。

「それで……ああ、船簞笥を開けられんか、今から試したいんですか。はい、早う開いたら、こちらも助かります。存分にしておくれやす」

大番頭は忙しいのか、ではまた後でと言い置いて、早々に部屋から出て行く。小僧頭が用を聞くためといって部屋に残ったが、こちらも茶を運んだり、他の奉公人が声を掛けてきたりして、座を外す事が多かった。若だんな達はその間に、船簞笥についてあれこれ話す事が出来た。

「あのね、叶屋で怪異が起きた訳だけど」

若だんなは、真っ直ぐ船簞笥を見る。

「古い品だってことだった。おまけに叶屋じゃ、妙な事が起きたっていうし」

「ああ、もしかしたら若だんなは、船簞笥が付喪神になっているのではないかと、疑ってたんですね」

だから七之助とは別に動いたのかと、兄や二人は頷く。ちょろりと袖内から抜け出た鳴家達も、訳も分からぬ顔で、うんうんと首を振っている。

妖がこの世にいることを、七之助は承知していた。だが小さな小鬼の声を聞き、暢《のん》気《き》な長崎屋の妖達を目にすることと、厄災《やくさい》をもたらす怪異に直面することは、別であった。

妖は、優しい者だけではないのだ。身を切り裂かれるかもしれない。不運に、とっ捕まる事もあり得た。

「船簞笥を調べた時、何かあっても、私の事は兄や達が、身を挺《てい》して守ってくれるよ。だけど」

仁吉も佐助も、他の者には目を向けない。よって若だんなは、今日叶屋へ、友を連れてくる気にはなれなかった。

しかし簞笥に目を向けると、仁吉が断言する。

「この船簞笥、付喪神ではありませんね」

「そうだねえ。私もそう思うよ」

若だんなは、ちょいと戸惑うように首を傾げた。祖母が大妖ゆえ、若だんなは何が出来る訳ではないが、見れば妖かどうかは分かる。そして眼前にある古い船簞笥は、怪しい気配すら見せていなかった。

「なら、これが届いた途端、妙な事が起きたというのは、やはり狂言かな？」

不審な影を目にした話は、奉公人の誰かの影を、見間違えたという事もあり得る。しかし魚が直ぐに腐るというのは、何とも奇妙であったのだが。

「まあ、妙な話は気にせず、さっさとこの簞笥を開ければいいってことか。とにかく一度、私も試してみよう」

若だんなはまず金具に手をかけたが、開かなかった。仁吉と佐助も、あちこち触ってみたが、からくりの仕掛けが分からないのでは無理と、直ぐに手を引く。ここで若だんなが、軽く手を打った。

「そうだ、鳴家がいるじゃないか。ねえ鳴家、影の中に入って、船簞笥の中を見てくれないか？」

小鬼達へ、頼んでみる。

「きゅい」

直ぐに三匹の姿が消え、やがて「ぎゅわ？」「きゅんべ？」「きゅー」という声と共に、また姿を現してきた。そして、もの凄《すご》い大事を成し遂げたという顔で、反《そ》り返るほど胸を張ったものだから、一匹が後ろへ転んでしまう。

しかし報告は一番に、転んだ一匹がした。

「簞笥の中、小部屋が一杯」

「部屋、小さすぎ。鳴家は入れない」

つまり、入っているものを摑《つか》み出すのは、無理らしかった。

「何か仕掛けが、目につかなかったか？」

佐助が聞くと、それはどんな菓子かと、小鬼らは困ったような顔になる。

「いや、いい。考えるな」

「鳴家、七之助さん達が貰ったという、二つの根付けは、中にあったかい？」

若だんなが問うと、三匹は少し首を傾げた。

「中に、玉、あった」

「変な貝の欠片《かけら》、あった」

「紙、入ってた」

「綿も一杯あった」

「鬼と竜と、猿がいた」

「は？」

こんな返答は考えていなくて、若だんなは兄や達と目を見合わせる。

「船簞笥に入る程の大きさの、鬼と竜と猿が、あったんだ……」

しかし七之助と冬吉に残された根付けは、そんな凝ったものではなかった筈だ。もしかしたら近江の本家、乃勢屋の者達は、その鬼や猿を探していたので、船簞笥を素直に渡そうとはしなかったのだろうか。

その時であった。

「ぎゅわーっ」

面白がって、また船簞笥に入り込んでいた一匹が、小さな悲鳴を上げたのだ。鳴家達が一斉に、どこかへ消えてしまう。

「鳴家？」

若だんなが驚いていると、今度は佐助が、大きく顔を顰めた。何やら、生臭い臭《にお》いがしてきたのだという。更に、仁吉までが立ち上がった。

「お、や。若だんな、側を離れないで下さい」

「えっ？」

仁吉がぴたりと身を寄せてきたので、その目が向いた先へ、若だんなも目を向ける。すると船簞笥から影が伸び、部屋の障子《しょうじ》に不思議な形を映した。

人のようだが、何となく頭が大きくて、腹は太そうなのに、手足が細い。すぐに消えた。

「子供の影？」

しかし江戸店である叶屋の奉公人達は、独り身ばかりの筈であった。通い番頭になれば、妻帯する事もあると聞くが、妻子は郷里で暮らすものらしい。だから、子供が店の奥にいるとは思えないのだ。

「ひょっとしてこれが、誰も居ない部屋に現れたという、不思議な影なのかしら。つまり、騒ぎは狂言じゃなかったんだ！」

若だんなが思わず、消えた影を追おうとすると、佐助がさっと手首を摑んだ。

「若だんな、今日は船簞笥を調べに来たんですよね？」

船簞笥は付喪神ではないと分かり、一応収穫はあった。よって、妙な物には関わらず、帰るべきだと兄やは言い始める。

しかし。

「あの影は、船簞笥から現れた怪異だよ。影の主が分かれば、簞笥が開くかもしれないじゃないか」

「若だんな、無闇《むやみ》と分からぬ事に首を突っ込むのは、阿呆《あほう》のすることです！」

「ねえ、なら怪しい簞笥を、長崎屋で預かれないかな？　そうすれば他の妖達にも、影の内から調べてもらえるだろうし」

「寝床の側に、怪異を置くなんて、とんでもない！」

佐助が思い切り眉間に皺を寄せ、立ち上がった。そして、若だんなをひょいと小脇に抱え上げ、そろそろ帰ると言い出したのだ。

「さ、佐助。下ろしておくれな」

若だんなが、もう少し調べたいと頼んでも、そっぽを向くばかりであった。

（ああ、駄目だ。こういうときの兄やは、頑固なんだから）

溜息を漏らすと、帰るなら鳴家達を拾わなくてはと言い、若だんなは周りを見る。

「逃げ出したままだよ。この部屋には居ないみたいだ」

「あの影に怯《おび》えたんでしょうね。やれ、困った小鬼だ」

叶屋へ置いていったあげく、大騒ぎを起こされては、却《かえ》って大事になる。佐助に一旦下ろしてもらってほっとすると、若だんなは廊下へ出て小鬼の姿を探した。

「どこかの部屋に入ってなきゃ、いいんだけど」

まさか他所の店で、勝手に部屋の中まで覗いて回る訳にもいかない。仕方なく、廊下をひっそり奥へと進んでゆくと、突然、きつい調子の声が、近くの部屋の中から障子越しに聞こえて来た。

「あんなぁ、茂吉が船簞笥の事で騒ぐよって、長崎屋の若だんさんにまで、手間かけてしもうたんやで」

「知りまへんな。わてはこの叶屋を、心配してるだけでおます」

勝手にやってきた客人のことで、あれこれ言われてはかなわぬと、声の主は言う。初めの声は、先程会った大番頭だったから、つまり言い返したのは、仲の良くない二番番頭なのだろう。すると大番頭は、大きな溜息をついた。

「茂吉、お前さんはわざわざ本家が今年、近江の店から寄こした番頭や。商売の腕が立つんは、分かってます。しかしでんな」

　ここは近江ではなく、江戸であった。しかも、万事上方が上であった頃とは違い、今の江戸は人が増え、町も驚く程広がっている。江戸での商いは、それは大きなものになっているのだ。

「地の商人も、今は大勢さん、大店を構えてはる。迷惑かけといて、知りません、なんて言っていい相手や、あらへんのやで」

　すると茂吉の声が、険を含んだものに変わった。大番頭は余りに江戸贔屓《びいき》だと、言い出したのだ。その事は茂吉だけでなく、近江の本家も気に入らないらしい。

「あんまり江戸、江戸、言うてますと、その内、隠居でもしたらどうやと、言われまっせ。大番頭さん、そろそろ、いい歳ですよって」

「……誰かが、無いこと無いこと、近江へ書き送ってるかも、知れんからなぁ」

（あれま。叶屋さんは、怪異のせいで揉《も》めているのか。それとも元々、揉めてたのか）

　するとその時、廊下の隅から鳴家達が顔を出して来た。

「きゅい？」

若だんなは慌てて拾い、袖の内へ入れる。それから三人は、足音を忍ばせ部屋へと戻ると、小僧頭へ、そろそろ帰る旨《むね》を告げたのだ。

4

若だんなが外出をしてから、三日経った。すると小火《ぼや》だった揉め事が、あちこちで延焼を始めた。

まず叶屋の大番頭と、二番番頭の茂吉が、いよいよ正面からぶつかったらしい。

大番頭は、上方の手前少し間を置いた後、船簞笥《ふなだんす》は、小乃屋へ渡せばいいという考えであった。せっかく江戸まで運んで来た、先代乃勢屋の形見だからだ。

「茂吉、かまへんやろ？　そうすれば、茂吉が怖がっとった影とも、縁が切れまっせ」

対して茂吉は、船簞笥を、近江へ送り返すべきと言い張っている。抽斗《ひきだし》を開けられないのであれば、小乃屋は本家の乃勢屋に対し、余分な品を持ち出していないことを、行いで示さねばならぬという考えであった。

「いっそ鉈《なた》で船簞笥を割って、中身の根付けだけ、小乃屋へ渡せばよろしいのや。大番頭さん、さっぱりしまっせ」

船箪笥を破壊すれば、怪異も収まると、茂吉は言いだしたのだ。すると店内で、それぞれの味方をする者が現れ、叶屋の奉公人らは、半分に割れてしまったらしい。

「段々、大事《おおごと》になってきたよぉ。楽しいねえ」

炬燵《こたつ》に放り込まれた若だんなの横で、蜜柑《みかん》を剥《む》きながら噂を教えてくれたのは、貧乏神の金次《きんじ》だ。炬燵には屛風《びょうぶ》のぞきや鳴家《やなり》達も集まり、長崎屋の船が運んで来たばかりの蜜柑を、せっせと食べている。

一太郎の母おたえは、甘い蜜柑が好きであった。よって最近はおたえの守狐《もりぎつね》達が、紀州の化《ば》け狐達と計らい、とびきり甘い蜜柑だけを、長崎屋へ送ってくれる。

そのせいか、長崎屋が仕入れる蜜柑は大好評となり、長崎屋の得意先が贈答用としてまとめて買っていく為、まず店先には出なくなった。こうして食べたい放題、甘い蜜柑を口に出来るのは、仕入れた店ならではの贅沢《ぜいたく》なのだ。

「どっちの言い分が通るんだろ。大番頭さんが負けたら、形見の船箪笥は、壊されちゃうのかしら」

「若だんな、他所《よそ》の心配などしてないで、もう十個ほど、蜜柑を食べて下さいな」

「佐助、美味《おい》しくいただいてるよ」

そう言いつつも、若だんなが剥いた蜜柑は、ほとんどを鳴家達が口にしていた。小さな手では、皮を剝くのが大変なので、若だんなから貰《もら》っているのだ。

「七之助さん達も、食べてるかな」

船簞笥と格闘中の小乃屋にも、長崎屋から大箱一つ、蜜柑が贈られている。七之助は、腕の立つ職人を探しだし、もう何度も叶屋を訪ねていた。しかし老練な職人の一人が、金飾りが何ヶ所か動く事を見つけはしたものの、開かないままだ。

「やはり、手がかりの一つくらいないと、開けるのは難しいんだろうねえ」

若だんなの方も、叶屋にいた怪異の正体を摑むのに、難儀していた。何しろ兄《にい》や達は影に興味が無いだけでなく、風邪をひく、寝込むと若だんなに言い、あれから叶屋へ行かせてくれないのだ。

仕方なく若だんなは、叶屋で見た影のことや、鳴家が船簞笥の中で見つけた鬼と竜と猿について、炬燵で妖《あやかし》達と話しあっていた。

「しかしなぁ、貧乏神が甘い蜜柑をたらふく食べ、炬燵に入ってていいんだろうかねえ」

金次は首を傾《かし》げたあと、更にもう一つ蜜柑を手に取ってから、ある考えを口にする。

「それでさ、船簞笥に入るくらいの大きさで、鬼や竜や猿っていうと、真っ先に思い浮かぶのは、根付けなんだが」

その言葉に、他の妖達も首を縦に振る。

「刀の鍔《つば》や簪《かんざし》なんかも考えられるがね。あの箪笥には、小さな飾りが入れてあるんだろう」

ここで屏風のぞきが、その品が付喪神《つくもがみ》になっていて、叶屋の中を歩き回っているんじゃないかと、言い出した。影が子供のように見えたというから、ひょっとしたら猿の根付けが妖になっており、叶屋の中で悪さをしているのかもしれない。

「冴《さ》えた考えだろ？　あたしは役に立つ妖だからね」

どこぞの小鬼とは違うと、わざわざ言うから、屏風のぞきはまた、怖い顔の鳴家達と向き合う事になる。すると炬燵の向かいで、せっせと鳴家達の為に、蜜柑を剝いている若だんなが、困ったような表情を浮かべた。

「ねえ、その猿と鬼と竜、多分亡《な》くなった乃勢屋のおじいさんが、船箪笥に隠しておいたものだよね？」

自分が亡くなった後、当主の長男は弟に何も分けぬだろうと、乃勢屋の隠居は思ったのだ。それで形見分けすると決めた船箪笥に、少し良い品物を隠しておいたに違いない。

だが。

「そんな品が簞笥から見つかったら、小乃屋さん、却って困るんじゃないかしら」

からくり簞笥の開け方も分からない七之助兄弟が、近江で本家の物を、中に隠した筈《はず》はない。しかし船簞笥から高直《こうじき》な品が見つかった場合、下手をしたら小乃屋は、本家の乃勢屋から泥棒扱いされかねなかった。

金次がにやっと笑って、やれ、強突張《ごうつくば》りは世に多いからねと笑っている。

「揉めたくなけりゃ、船簞笥は開けないまま、近江へ返したらいいんじゃないかい？」

形見は諦《あきら》める事になるが、小乃屋は乃勢屋から、責められる事はなくなる。

「ついでに、船簞笥にとっ憑《つ》いている怪異も、乃勢屋に返せばいいのさ」

元々上方にいた筈の怪異だから、あちらに居ればいいと言い、金次は美味しそうに蜜柑を食べている。

「確かに、開けずに返した方が楽そうだね。小乃屋さんは、とてもがっかりするだろうけど……一番、波風が立たない選択かも」

若だんながまた一つ蜜柑を剝くと、鳴家達が炬燵の上にきちんと並んで、房を分けて貰うのを待っている。

するとそこに、店奥へと走ってくる足音が聞こえて来た。妖達が、ずぼらを決め込んで炬燵に隠れた時、顔を赤くした客人が現れる。小乃屋の冬吉で、今日は一人であった。

「若だんな、大変！」

冬吉は声を上ずらせている。

「つまりその、蜜柑がその、喧嘩を始めて」

「蜜柑の妖なぞ聞いた事も無いが、そいつが暴れているのかい？」

現れた金次が、面白がってへらへら笑うと、冬吉は縁側で、思い切り首を否《いな》と振った。

「ええと、違います。その、長崎屋さんから頂いた蜜柑を、兄が叶屋さんへお裾分《すそわ》けしたんや。何度もお邪魔して、迷惑をおかけしてます言うて」

甘いと評判の蜜柑は大変喜ばれた。叶屋はまず神棚に供え、残りの蜜柑は奉公人らの夕餉《ゆうげ》の膳《ぜん》に、添えられることになる。ところが。

「いざ膳に置こうとしたら、蜜柑がない。皆で探したら……竈《かまど》の中で、真っ黒焦《こ》げになってたんやて」

とても食べられたものではなかったらしく、奉公人らは楽しみにしていた水菓子を、諦める事になった。

「ははぁ、食い物の恨みは恐ろしい。大番頭と番頭が、お互いが嫌がらせを受けたと、言い始めたのかな？」

屏風のぞきが問うと、冬吉が頷《うなず》いている。

「おかげで船簞笥の事まで、大事になってしもうた」

大番頭は、船簞笥を直《す》ぐ小乃屋へ渡そうと言いだした。一方番頭は、本当に錠を持ち出してきて、喧嘩になった。大番頭も番頭も、相手の意見を聞く気が、全く無かったらしい。

「そりゃ大変だ。楽しい奴らだねえ、一度叶屋って店にゃ、とっ憑きたいもんだ」

金次がふふふと、実に嬉《うれ》しそうに笑っている。若だんなは心配げに、七之助は今、どうしているのかと冬吉に尋ねた。

「兄さん、こうなったら何が何でも早く、船簞笥を開けんと拙《まず》い言うて、また職人さんを連れて、叶屋へ行ってます。抽斗を開ければ、船簞笥を挟んだ喧嘩は終わるって」

ここで冬吉は一寸《ちょっと》言葉を切ると、頭を掻《か》く。

「ああ、あかん。忘れたらあかん。兄からの頼まれ事があったんや。若だんな、その、蜜柑をもう少し、都合して貰えませんか？」

とにかく七之助はこれ以上、叶屋に揉めて欲しくないのだ。食い物の恨みの方だけでも何とかしようと、また蜜柑を贈れたらと考えたらしい。しかし甘い蜜柑は小乃屋に、あまり残っていなかった。

「ああ、まだ土蔵にあるはずだから、構いませんよ」

若だんなは気やすく、うんと言ったが、食べ足りない鳴家達が、蜜柑が他所へ行くと聞き、「きゅー」と情けのない声を上げる。

「でも冬吉さんが、一人で蜜柑を持って行くのは、重いですよね？」

すかさず、自分が一緒に叶屋へ行きましょうと若だんなが持ちかけ、冬吉の笑顔と、兄や達の渋い顔を見る事になった。

「若だんな、その内本当に、半年ほど寝込みますよ」

「だから仁吉、その……七之助さんに、金次が言ってた考えを伝えてみるから」

叶屋へ新たな蜜柑を差し出し、船簞笥を上方へ返すと小乃屋が言えば、問題は一気に無くなる筈なのだ。

「成る程、そろそろ諍《いさか》いを、終わらせる事にしたんですね」

兄や達は、顔を見合わせると、ならば仕方ないと言って頷いた。このまま船簞笥を巡っての揉め事が続くと、若だんなはずっと、小乃屋の兄弟を心配し続ける事になる。

「それでは若だんなが、熱を出しかねません。で、病になれば、利根川《とねがわ》が氾濫《はんらん》を起こします。すると河童《かっぱ》達が、川を流されてしまいます。つまり禰々子《ねねこ》が怒って暴れるので、若だんなを急ぎ避難させなくては、ならなくなります」

そんな事になって、更に熱が出たら大変だというのだ。

「佐助、どうしてそんな妙な話が、出来上がるんだい。それに、禰々子って誰？」

若だんなが思い切り眉尻《まゆじり》を下げると、「はて」と言い、佐助自身が首を傾げている。

とにかく兄や達が同道し、蜜柑を運んでくれる事になったので、三日ぶりに、外出をするための暖かい着物を出してもらう。鳴家達が、素早く袖《そで》に入り込んできた。

外に出ると、表通りは人の行き来も多く賑《にぎ》やかで、空が高かった。若だんなは直ぐに押し込まれた駕籠《かご》の中で、小さく息を吐いた。

（七之助さん、頑張って船簞笥を開けようとしてる。なのに止《や》めろというのは辛《つら》いなあ）

しかし小乃屋にとって、悲しくても悔しくても、諦めることが一番安全な選択であった。開けてしまったら、簞笥からは厄介事が飛び出してくるのだ。おまけに船簞笥には、妙なものがとっ憑いているときている。

幸いにというか、七之助とは妖達の事を話す事が出来た。船簞笥の中に、見つかっては拙い品物が隠されているのを、鳴家が見つけたと、きちんと伝えられるのだ。

(おじいさんの気持ちを無にするようで、残念だけど)

祖父の心は品物ではなく、小乃屋親子の思い出話の中に残る事になる。しかし優しかったらしい七之助の祖父は、それで構わないと思うのではないか。

「うん、きっと……そうだよね」

「きゅんいー？」

心が決まり落ち着いた若だんなは、皆と一緒に、じき、叶屋の店表《たなおもて》に顔を出した。間口六間ほどの叶屋の江戸店は、いつ見ても堂々とした作りだ。しかし今日は何故《なぜ》だか、奉公人達が落ち着かぬ様子を見せている。

「おや、どうかしたんですか？」

佐助が問うても小僧達は、目を泳がせ、はっきりと返答をしない。仁吉が、大番頭と話がしたいと言うと、今は手が離せないと言い、何故か逃げ腰で、奥へと向かわないのだ。

「今日は、長崎屋から蜜柑を持って来たんですが」

若だんなが優しく伝えると、十歳程の小僧が、さっと嬉しげな表情にはなったものの、やはり土間から離れない。

「どうしたんやろ。何かあったんやろか。兄さんが、来ている筈なんやけど」

冬吉が一寸、心配げな表情を浮かべる。

（このまま、お客達が買い物をする土間に、居続けても仕方がないよね）

若だんなは小さくつぶやくと、もう案内を請《こ》わず、さっさと叶屋の奥へと入っていった。

5

「あれま、影が障子の上から天井へ、走ってるよ」

「ひえっ、若だんな、変な声が聞こえますわ」

店奥へ踏み込んだ途端、若だんな達は、とんでもないものを目にする事になった。

叶屋の障子から障子へ、怪異が駆け回っていたのだ。

奉公人らが狼狽《うろた》えているせいか、四人が勝手に叶屋の奥へ入ったというのに、それを止める者がいない。声を掛けてくる者すら現れない。中庭に面した廊下を、更に奥へと向かうと、「けけけけ」という奇声があらぬ方から聞こえてくる。冬吉は怖そうに首をすくめた。

「ど、どないしよ。兄さんを連れて逃げた方が、ええんやろか」

冬吉が心配げな声を出したので、若だんなは隣に立つ兄や達の方を見た。だが二人は思いの外、落ち着いていたのだ。

「確かに、何かが庭を動き回っているようですが……大した妖気は感じませんね」

何が騒いでいるにしろ、二人は恐ろしさを感じてはいない様子なのだ。すると、若だんなの袖の内から鳴家達が抜け出して来て、廊下で小さな足を踏ん張る。

「きゅい、影、弱いの？　なら鳴家が、やっつける」

「その話、屏風のぞきに聞かせてやるの。きゅん、格好いい！」

まだ何もしていないのに、鳴家達は悪鬼退治でもやり終えたかのように、胸を張って、反り返っている。

すると。突然、「きえーっ」という甲高い声が上がった。鳴家達が揃《そろ》ってひっくり返り、廊下の端まで転がって行く。

「えっ、どうしたの」

若だんなが、慌《あわ》てて鳴家を拾いに駆け出した。その時だ。横の障子から黒い影が伸びてきて、若だんなの足を摑《つか》んだ。

「ぎゃーっ」

鳴家達が、大声を上げた時には、若だんなの足が頭より高く持ち上がっていた。若だんなは見事にすっ転び、廊下でしたたか体を打ってしまったのだ。

「痛ぁ……」

「きゅーっ」「若だんなっ」

それ以上声を出すことも出来ないでいると、目に殺気をたたえた仁吉が、驚く程の早さで、逃げ出した影を追い始める。

「けーっ！」

悲鳴のような声が、叶屋の奥に響き渡った。

影と共に、仁吉はすっ飛ぶようにして奥へ消えた。佐助は廊下で、急ぎ若だんなを小脇《こわき》に抱えこむ。大丈夫だと言って若だんなが止めたにも拘《かかわ》らず、富士のお山が噴火したほどの、大事が起こったと言い出したのだ。

「止めてよ。頼むから。佐助、下ろして」

「止めてや。頼んます。茂吉さん、壊さんといてんか」

そこで、若だんなの声に、聞き慣れた声が重なった。廊下の先にある中庭へ目を向けると、七之助が泣きそうな声を出し、目の前の男の袖を摑んでいた。

「おや、あれは……番頭の茂吉さんか」

見れば、何故だか船簞笥が、部屋から運び出されており、土蔵脇に置かれている。そして茂吉は嫌な表情を浮かべ、剣呑《けんのん》な鉈を手にしていたのだ。

「おや七之助さんだけでなく、長崎屋の若だんさんまでおいでや。丁度良い所へ来られましたな。もう待てへんよって、この簞笥かち割って、中身を取り出す事に決めましたわ」

どうやら茂吉は、大番頭との諍いを、さっさと終わらせたくなったらしい。鉈をぐいと突き出し、中の根付けまでたたき壊した時は堪忍《かんにん》どっせと、悪びれずに言った。やってしまった者勝ち、という訳だ。

「そんなっ、止めて下さい。もうその簞笥は諦めた方がいいって、七之助さんに言いにきたんですよ」

若だんなが慌てて制止したが、茂吉は突然耳が聞こえなくなったふりをする。

「全《すべ》て、鉈の一振りで片が付くんや。最初っから、こうするべきやった」

そう言い放った、その時。

「けけけけけ」

妙な大声と共に、新たな不思議がおきたのだ。茂吉の影が震えたように見え、直ぐに二つに分かれた。それを見た下男が悲鳴を上げ、店表へ逃げてゆく。茂吉は、歯を食いしばった。

「な、なんやこれは。くそっ、この簞笥を壊されると、嫌な奴がおるんやな！」

だが茂吉は、鉈をしまおうとはしなかった。それどころか顔を真っ赤にして、頭の上に振り上げる。

「こんな脅しには負けへんで。船簞笥にも、大番頭はんにも、絶対に負けん！　あたしは叶屋の、番頭なんやで」

茂吉が、大声と共に増えた己の影へ鉈を振り下ろす。すると影は更に増え、三つになってしまった。

「ひえ……」

茂吉が立ちすくんだ、その時であった。

「けーっ！」

突然、今までとは違う、悲鳴のような声が庭に響いたのだ。

途端、ぴたりと怪異が止み、茂吉の影が一つに戻る。若だんなが目を見開いていると、その時土蔵の前へ、何時《いつ》になく怖い顔をした仁吉が駆けて来た。

「若だんな、もう歩いて大丈夫なんですか。その、妙な影が戻って来ませんでしたか？」

「いや、怪異は急に消えちゃったよ」

多分、仁吉が追い払ってしまったのだと思う。

「逃げたか」

その言い方が恐ろしかったのか、隣で七之助が首をすくめた。

「その、なんや今日は仁吉さん、吃驚《びっくり》するほど怖いような……」

その言葉を聞き、若だんなは少し戸惑って、仁吉へ目を向けた。

(仁吉も佐助も人じゃないから。そういえばそのこと、いつもはつい忘れてる)

幼い頃より側《そば》にいる妖達は、若だんなにとって身内同然なのだ。妖であろうと、妙な神様であろうと、そういう者なのだから、勿論《もちろん》人とは違う。だが兄や達など、どういう名を持っていようと、育ての親そのものであった。

(多分、自分は少し変わってるんだろうな)

人から、少しはみ出しているかも知れないと、時々思う。だが、若だんなは皆が大事なのだ。もし居なくなったら、寂しくて仕方がないと思う。

(だって、そうなんだもの)

その時、茂吉の草臥《くたび》れきったようなつぶやきが、聞こえてきた。

「ああ、さっきから壊そうとしてんのに、なかなか出来ん。ほんまにこれは、ろくでなしの船簞笥や」

関わるんやなかったという声を出すと、じき、疲れたように中庭へ座り込む。若だんなはその時、少しばかり戸惑っていた。

「あれ、『ろくでなし』っていう言葉、前にも聞いたような」

すると隣にいた七之助が、苦笑と共に口にする。

「亡くなる前、じいさまも船簞笥の事を、ろくでなしやと言うとったわ」

「へえ」若だんなは簞笥へ目をやった。勿論、怪異がとっ憑いた船簞笥は、ろくでもない代物《しろもの》かもしれない。

(でも、色々言葉はあるだろうに、何故おじいさんは、『ろくでなしの船簞笥』って言ったんだろう)

金具がびっしりと付けられた、堅牢《けんろう》な簞笥であった。見た目からは、ろくでなしという言葉は、浮かびづらい。

(何でだろう……)

「ああもう、船簞笥を早う捨てたい」

茂吉の言葉が聞こえて来たので、若だんなははっとして顔を上げる。そして、七之助の袖を引っ張ると、小声で話をした。鳴家達が見つけた鬼、竜、猿の事を告げ、小乃屋の為《ため》に、このまま船簞笥を返すべきではないかと言ったのだ。

「勿論、決めるのは七之助さんだけど」

「船簞笥の中に、あれこれ高いもんが入っとんのか」

「あの船簞笥を開けると、小乃屋は心底困る事に、なるかもしれない」

七之助は驚いた表情を浮かべ、眉尻を下げた。

「なんて……ことや」

もし船簞笥の中に高価な物があったら、当主である伯父が、諦める筈がない。つまり開ければ、厄介事が飛び出してくる事になっているのだ。

「いやそもそも、何人もの職人に見てもろうたのに、未《いま》だに船簞笥は開かんし」

その上、ろくでなしの船簞笥は、何やら妙なものにとっ憑かれていた。

「ああ、こりゃもう、駄目なんか……」

諦めたくない。

しかし、しかし、しかししかし。七之助は僅《わず》かに、苦笑いを浮かべた。

「確かにそろそろ、諦め時かもしれん。じいさまときたら……古い簞笥だけ、残してくれればええのに」

七之助は三つ程溜息《ためいき》をつき、下を向いてしまった。それからやっと顔を上げる。そして、若だんなに苦笑を向け、少しばかり寂しそうに笑った。

「分かった……もう終《しま》いにせなあかんな」

するとそこへ、大番頭が顔を見せてくる。

「茂吉、少しばかり、あたしが店を留守にした間に、何の騒ぎや？」

それに応《こた》えたのは、七之助であった。

「茂吉さんが、船箪笥をたたき割りそうになったら、また怪異が騒いだんや」

「店の者が浮き足立っとる。茂吉、店表においでになったお客さんまで、妙な顔してはったで」

いい加減にせいと、大番頭が怖い声を出す。ここで若だんなが話したい事があると、叶屋の二人へ切り出し、七之助が一歩、前へ歩み出た。

「あのぉ……急な話ですが、船箪笥を諦めることにしました」

だから船箪笥は、叶屋さんから上方の乃勢屋へ送り返して頂きたいと言い、頭を下げる。

すると。喜ぶかと思った大番頭と番頭の顔に、渋い表情が浮かんだのだ。

「急に船箪笥を諦めるとは、どういう事でおますか？」

「それはその……いい加減ご迷惑を、おかけしてるみたいやし」

この辺で引いた方がよいと思ったと、七之助は神妙に口にした。まさか、中に高価な品が入っているようなので、受け取れないとは言えないからだ。

ところが、この今更の言い訳に、叶屋の二人は納得しなかった。

「この怪異のせいやろ。ここまで物騒な船簞笥とは、思わんかった。それで怖《こ》おうなった。もう受け取れん。そういうことでっしゃろ！」

茂吉がまくし立てると、驚いた事に、大番頭もその言葉に頷いている。

「確かに、とんでもない簞笥やなぁ。商売に障《さわ》りますわ」

これでは船簞笥を、もう叶屋では預かれないと、大番頭が言い出した。つまり七之助が願っても、叶屋の船に乗せ、上方へ送る訳にはいかないということらしい。

「船の中で怪異に暴れられたら、船が沈んでしまうかもしれんよって」

「いや、そんな事には……」

言いかけた若だんなの言葉を、大番頭は手を差し出し止めた。

「怪異が起きたんで、船簞笥は鉈で割ったと、乃勢屋さんには伝えます。中には上方で皆が見たという、根付けしかなかった。そういうことにしておきましょ」

だから。

「その、ろくでなしの船簞笥は今日、直ぐに小乃屋へ持って帰ってくれまへんか」

「茂吉さんも……それで構わないのですか？」

若だんなが念を押すと、茂吉がうんざりした表情で、そっぽを向く。鉈で壊せなかった事で、いい加減、草臥れ果てた様子であった。

「船簞笥の件は、元々叶屋の問題やありませんよって。さあ怪異ごと、早々に持って行ってぇな」

「え……ええ」

七之助が諦めた途端、形見の船簞笥は小乃屋へ渡される事になった。若だんなは二人へ頭を下げると、蜜柑を持って来た故《ゆえ》、皆で食べて下さいと丁寧に言う。

茂吉が、大きく溜息をついた。

6

「驚いた。簞笥、返して貰えたわ」

しばし後のこと。皆は船簞笥と一緒に、長崎屋の離れに収まっていた。

本当であれば、叶屋から小乃屋へ簞笥を運び、ついでに若だんなは七之助の部屋で、あれこれ話したい所であった。
しかし、もうこれ以上の外出は駄目だと、兄や達が頑として頷かない。怪しい者が憑いたままでは、船簞笥を小乃屋へ置くのも剣呑であった。よって、妖達が現れても、今更兄弟達は驚かぬだろうと、若だんなの寝間へ集ったのだ。

しかし船簞笥にとり憑いた妖にとって、長崎屋は安全な所ではなかった。簞笥が離れへ運び込まれると、馴染《なじ》みの妖達が姿を現してきて、興味津々《しんしん》、周りを取り囲んだのだ。すると佐助が、影が若だんなへ、悪さをしたことを話してしまった。

「おい、若だんなが寝込んだら、離れで菓子が出ねえ。碁《ご》が打てねえ。何てことをするんだ！」

屛風のぞきの言葉が、皆の態度を説明していた。妖達は直ぐに影へ潜り込むと、船簞笥の妖を捕まえにかかったのだ。

「これ、無茶をするんじゃないよ」

若だんなは止めたが、鳴家達など追いかけっこが面白かったようで、嬉しげな声を出して止まらない。数に任せてわいわいと楽しみ、屛風のぞきと、どちらが先に捕らえるかを競っている。「けーっ」とんでもない大声がしたと思ったら、結局妖は直ぐに捕まってしまい、皆は却って、つまらなそうな表情を浮かべた。

「あ、やっぱり河童だよ」

若だんなは、鳴家と屛風のぞきに潰《つぶ》されている小ぶりな姿を見て、眉を上げた。

「へえ、本当にいるんやなぁ」

話には聞いても、実物を見た事などない小乃屋の兄弟は、背の甲羅《こうら》を見て目を丸くしている。

「何で河童が、簞笥に憑いてたの？」

冬吉が尋ねても、河童は何も言わない。すると、若だんなの事でまだ怒っている仁吉が、頭の皿をごんと殴った。「ぴっ」と叫ぶと、河童は涙を浮かべつつ白状した。

「甲羅の欠片《かけら》を、なくしたんや」

どこから来たのか、はんなりとした言葉遣いの河童であった。

「それを人が拾うて、根付けにしたん。その船簞笥にしまわれておるのは、我の甲羅や」

取り戻したくて乃勢屋へ忍び込み、勝手に簞笥を開けようとしたが、抽斗が開かない。何としても開かない。その内簞笥は、遥《はる》か江戸まで運ばれてしまうと決まったので、仕方なく影に入って憑いてきた。だが、どうしても取り戻す事が出来ないでいるのだ。

「その内、あの馬鹿《ばか》番頭が、甲羅が入っとる船簞笥を、また上方へやるとか、鉈で壊すとか言い出したんよ。だから怖がって手を出さんようにしようと、脅してやった」

「成る程」

つまり、生臭くて魚が腐ったように思えたのは、河童がいたからなのだ。影が動いたのは、甲羅を取り戻そうと、河童が動き回っていた故のようだ。蜜柑は……食べてみたら気に入らなかったので、河童が捨てたという。

「甲羅が割れてては困るんや。本気で困るんや。なあ、助けてくれな。甲羅、返してえな」

「あ……」

若だんなは部屋に置かれた文箱《ふばこ》へ目を向けると、中へ収めた木札の事を思い出す。

「また、助けて下さいという者が現れたよ」

すると、ぐっと河童の事が、哀れに思えてくる。木札を拾った時は、持ち主に同情した。なのに、目の前の河童は突き放すのでは、何か違うという気がしたのだ。

しかしここで、七之助が困った様子になる。

「持ち主が現れたんなら、甲羅の欠片、返したいけどなぁ。この船簞笥、あたしにも開けられんのや」

「そんな。ああ、馬鹿簞笥！」

「馬鹿……？　あ、そうか！」

すると。河童の泣きべそという、世にもめずらしいものを見た若だんなが、にこりと笑った。今の河童の一言で、確信した事があったのだ。

「あのね、この簞笥は『馬鹿』じゃなくて、『ろくでなし』の船簞笥なんだよ」

「はあ？」

若だんなはまた笑うと、船簞笥の前に座り直した。そして、炬燵の足を外した時のように、金具を、右に左に、動かし始めた。

「おじいさんが、簞笥の名前を二人に言ってた。それは、『ろくでなし』だ。ろく、で、なし、だから、六っつ目だけ抜かして、金具を動かすのかな？」

やってみたが、開かない。縦に数えても駄目であったので、今度は、六番目の金具から、右に七番目と、四番目の金具を、動かしてみた。動かない。

ではと、六番目の金具を動かした後、左右の七と四の金具へ、手を伸ばす。

「六番目は動く。おっ、なな、よん番目も……動きそうだ。ろく、で、な、し。これでどうだ？」

する と。

小さく、かちりと音がしたと思ったら。まるで開かなかった事が嘘《うそ》のように、抽斗が開いたのだ。

「なんや、これ」

だが、七之助が急いで全部の抽斗を開けると、何も入っていない。「へっ？」驚いて手を引っ込めると、若だんなが笑って、今度は抽斗を引っ張り出した後、枠の木を動かしてみる。

「これも、六、七、四、かな？」

また、あちこちで音がして、枠が外れたり、開いたりした。すると箪笥の奥から、あれこれ品物が出て来たのだ。

「ああ、綿にくるまれた、鬼と竜と猿が出て来た。やっぱり根付けだったね」

「じいさまがあたしらにくれた、根付けもあったわ」

どうやら、貝の欠片のように見えたのが、河童の甲羅であったようだ。直ぐに戻して貰うと、河童は目に涙を浮かべつつ喜び、軽く頭を下げてから、影の内へと消えていった。

「ああやっと、家へ帰れる」

河童の影がゆっくり消えると、若だんなはほっと息を吐いた。

「これで困り事が一つ、消えたんだよね？」

でもあの河童は、拾った木札の主ではないよねと兄やへ問うと、二人は勿論違うと言う。甲羅を探している河童が、数ヶ月先に期限を切るとは、思えないというのだ。

「そうか……じゃあまだ、困り事を抱えた木札の主は誰か、分かってない訳だ」

だがここで、友から嬉しげな声がかかった。

「若だんな、あたしらの困り事は、何とかなった。ありがとうな」

助けられた者がいる。凄《すご》く、喜んでいる。

「つまり……とにかく良かった」

七之助のその笑顔を見て、若だんなも笑みを浮かべた。船箪笥から出て来た根付けは良い品だったし、鳴家が以前見つけた紙は、何と、土地の所有を示す沽《こ》券《けん》であった。

「まるで、桃太郎の宝を見つけた気分や」

どうやったのか乃勢屋の隠居は、江戸の土地を、幾らか手に入れていたらしい。

「乃勢屋本家の為に、江戸の土地が必要な訳はなし。これらは小乃屋さんへ、ご隠居が残したものでしょうね」

仁吉が笑って、今更こんなものを返したら、叶屋も巻き込んで揉めるだけだから、貰っておけと言う。

「いいのかな」

七之助と冬吉が、ちょっと戸惑った表情で沽券を見つめていると、今度は佐助が断言してきた。

「構いませんよ。そもそも河童が手を出し、若だんなが転んだのは、乃勢屋さんが素直に、形見分けをしなかったからです」

よって乃勢屋は、沽券代くらい払うべきだと、佐助は断言する。沽券が出て来た事よりも、高い根付けよりも、若だんなが転んだ事こそ一大事と言い出したものだから、七之助達の肩から力が抜けた。

「そやな。これ以上の揉め事は、もう要らんわな」

有りがたく、祖父の思いを受け取ると言うと、炬燵に入っていた金次が笑っている。近江の乃勢屋は大身代だから、そんな沽券くらい構わないと言うのだ。

「おや金次、他所様の身代がどれくらいか、知ってるのかい？」

「若だんな、金次は貧乏神ですよ。祟《たた》る相手の懐《ふところ》具合くらい、分かります」

仁吉の言葉を聞き、七之助が慌てて、金次に頭を下げる。

「成る程。でも、うちには祟らんといてや」

「さて、どうしようかねえ」

「金次！　小乃屋に祟ったら、もう碁で待ったを聞かないよ」

「若だんな、それはない」

笑い声が立ったところで、佐助が今日も、蜜柑を山盛りにした竹籠《たけかご》を、炬燵の上に置いた。聞けば、紀州の化け狐が選んだ蜜柑の評判を聞き、駿河《するが》の化け狸《だぬき》が、対抗して送ってきたらしい。

「蜜柑なら、駿河のものが一番！」

化け狸は、化け狐に遅れを取る事が、大嫌いなのだ。

「あ、この蜜柑も甘いなぁ」

仁吉が一番に、若だんなに剝《む》いて差し出したので、思わず声を上げると、一斉に皆の手が蜜柑を摑む。

鳴家達は炬燵の上に並んで、今日も順番に、蜜柑を分けてもらった。

ばくのふだ

1

「ああ、うらめしい。おまえさんが、うらめしい。恋女房と言われたあたしが死んで、まだ、ひととせ経《た》ってないのに」

なのに、もう若い後妻《あとめ》を、家に入れるつもりなんて……。

低く絡《から》みつくような声が、緋《ひ》毛氈《もうせん》が敷かれた高座《こうざ》の上から、夜の部屋へ流れた。周りには、多くの客達がいるが、気持ちが吸い寄せられている為《ため》か、咳《せき》一つ、する者はいない。

ほの暗い広間には、蠟燭《ろうそく》が何本も立てられており、時折揺れる炎が、噺家《はなしか》が語る怪談を真実みのあるものにしていた。

「こんな事なら、お前さんも一緒に連れていけばよかった」

どこへ行く気かと男が問うと、同道を承知したと思ったのか、おなごの返答に嬉《うれ》しさがにじむ。

「あんた、今からでもいいんですよ。一緒に来ておくれなんですね？」

長崎屋《ながさきや》の若だんな一太郎《いちたろう》は、その囁《ささや》くような一言を聞き、咄嗟《とっさ》に、横に置かれていた火鉢《ひばち》の端を握りしめた。袖《そで》の内が、びくりと震えたのが分かる。

「ああ一緒にいたい。お前さんといたい。あの世へはきっと、一緒に行くんだ」

三途《さんず》の川の畔《ほとり》には鬼がいるというけれど、なあに、二人で行けば怖くはない。噺家がそう語った時、蠟燭の明かりが大きく揺らいで、顔に影を作った。その口元へ、食い入るような多くの視線が向かう。

だが。

今宵《こよい》、そうした客達の中には、思わぬ者も混じっていた。大勢の聞き手に紛れ、若だんなと共に、怪談に耳を傾けているのは、話の中で語られている者、幽霊とも近しい、妖《あやかし》達であった。

江戸は通町《とおりちょう》にある味噌屋《みそや》の大店《おおだな》、加津屋《かづや》の二階で、最近落語を聞かせるようになった。

落語はこのところ、一段と流行《はや》っていて、専門に興行を行う寄席《よせ》なども出来てきている。加津屋の主《あるじ》は落語好きで、それが高じて二階を寄席にし、落語の会を開くようになったのだ。

下が味噌屋故《ゆえ》、商《あきな》いの邪魔にならぬよう、加津屋で行われる寄席は夜席《よるせき》のみであったのが、ここ数日は特別に昼席も開いている。最近、怖い話で評判の噺家が、長短合わせて四席を一日で語るという趣向であった。昼席が、昼餉《ひるげ》の頃の午《うま》の刻から、ふた時後の申《さる》の刻まで。夜席は、暮れ六《む》つの酉《とり》の刻から、町木戸《まちきど》が閉まる亥《い》の刻まで話を聞かせる。

「行きたい。噂《うわさ》の落語を聞きたい。仁吉《にきち》、佐助《さすけ》、近いんだもの、良いよね？」

廻船問屋《かいせんどんや》兼薬種問屋《やくしゅ》、長崎屋の若だんなが、ある日離れの火鉢の横で、二人の兄《にい》やに、そう頼み込んだ。若だんなは、店から一歩出ると風邪を引き、遠出をすれば半月寝込むといわれるほど病弱であったから、寄席にも顔を出した事がなかった。

「この歳《とし》で、そんな楽しみ一つ知らないなんて、他所《よそ》じゃ話せやしない」

余りにも情けないと若だんなが言い出し、仁吉と佐助は顔を見合わせる事になった。

二人は、何しろ若だんなが大事なのだ。親馬鹿《おやばか》で知られる長崎屋の両親が、小豆粥《あずきがゆ》に塩でなく砂糖を入れたら、それに蜜《みつ》を山のように加えかねない者達であった。

「確かに若だんなが、世間から軽く扱われるような事は、避けねばなりませんね」

仁吉の言葉に、佐助も深く頷《うなず》く。

「若だんなはいずれ、大店の主になります。確かに遊びも、心得ておくべきでしょう」

寄席へゆく事が決まり、若だんなの目が輝く。ここで兄や達は、昼席へ行き、一、二席残して帰るか、途中から夜席へ行くかで、悩み始めた。まる一日落語を聞いていたら、若だんなが疲れて、熱を出してしまうというのだ。

するとその時、長崎屋の離れの隅から、沢山の声が聞こえてくる。

「きゅい、楽しそう。われもいく」

「加津屋なら近い。なあ、夜席にしなよ。あたしが行きやすいから」

「ええ夜席ならば、部屋には蠟燭や行灯《あんどん》の灯《あか》りがあるくらい。ほの暗いから、あたしが混じっても大丈夫ですよね」

己《おのれ》も行きたいと、もそもそと離れに現れてきたのは、鳴家《やなり》や屛風《びょうぶ》のぞき、鈴彦姫《すずひこひめ》という、長崎屋に巣くう妖達だ。先代の妻おぎんが大妖《たいよう》であった故、長崎屋には数多《あまた》の妖達が、当然という顔をして集まっているのだ。

だがこの面々を見て、仁吉がさっと渋い表情を浮かべた。

「人に見えない鳴家ならともかく、他の妖が団体で寄席へ行くなど、とんでもない」

途端、小鬼の鳴家だけは構わぬと聞いて、離れは文句の山で埋まる事になった。

「仁吉さんは白沢《はくたく》という、人ならぬ者。佐助さんだって犬神《いぬがみ》じゃないか！　でも二人は勿論《もちろん》、若だんなと一緒に行くんだろう？」

いつの間に現れたのか、日頃若だんなの母おたえを護《まも》っている、守狐《もりぎつね》が文句を言えば、離れの主を任じる屏風のぞきも、あたしが行かなくてどうすると、顰《しか》め面《つら》を浮かべる。

「若だんなが寂しがるじゃないか」

「寄席じゃ今、怪談が流行ってるみたいだねえ。ならばあたしも、ご一緒しようかね」

「金次《きんじ》まで。いつの間に来たんだ」

貧乏神金次がへらへらと笑いつつ、付いていくと独り決めして、若だんなに流行りの怪談の筋を教え始めたものだから、佐助が深い溜息《ためいき》をつく。若だんながにこりと笑った。

「ねえ、皆で行っちゃ駄目かな。木戸《きど》銭《せん》は、私の小遣いから出すし」

皆と行けるなら、夜席のみでいいと言うと、仁吉が、しょうがないですねと折れた。

妖達がわっと嬉しげな声を上げる。

「だが妖は、目立たぬようにしろよ。若だんなに迷惑をかけるんじゃないぞ！」

佐助はそう念押しした後、若だんなへ、木戸銭の心配は要らないと告げた。兄や達は甘い両の親から、若だんなの為に使う金子《きんす》を、たっぷり預かっているのだ。しかも。

「寄席というのは、結構手軽に楽しめるものなんです。並の噺家が出る時、木戸銭は蕎麦《そば》一杯くらいの値ですね」

一人、十文から二十八文くらいだと聞き、若だんなは目を丸くする。

「歌舞伎と比べると、随分と安いんじゃないかい？」

「ええ、芝居を見るとなれば、一番安い席でも百文はしますね」

桟敷《さじき》席を買えば、その何倍にもなるし、芝居茶屋が間に入る故、更に飲み食いの代金や祝儀《しゅうぎ》などが、あっと言う間にかさんでゆく。芝居は、気合いを入れて見に行く遊びなのだ。

「その点、寄席は気楽なものです」

「楽しみ！」

若だんなが、皆を引き連れ出る事など滅多にないから、妖達は、芝居見物なみに張り切った。屏風のぞきは目立つ石畳紋《いしだたみもん》の着物を、地味な縞《しま》に着替え、狐らは人に化ける。鈴彦姫も髪を町娘のように結《ゆ》うと、とりあえず人らしい見てくれとなり、兄や達が一つ安心をする。

それでも佐助は少し不安げで、妖へ、目の辺りを隠せる目かつらを配った。

「顔を覚えられて、どこの誰かを聞かれたくなかったら、これを付けてろ」

「きゅい、われも目かつら付けたい」

綿入《わたい》れをしっかり着込んだ若だんなと皆が、夕暮れ前にぞろぞろと加津屋へ向かうと、顔見知りの味噌屋の奉公人が、火鉢を幾つも置いてある、二階の広間へ案内してくれた。

正面に緋毛氈を敷いた高座が、でんと据えられており、部屋のあちこちに置かれた蠟燭には、既に火が点《つ》いている。客達が大勢、高座を取り囲むように座っていて、畳や壁に何重もの影を落としつつ、昼に語られた話について、怖かったと口にしている。見れば、他にも目かつらを付けている客がいたし、頭巾《ずきん》を着けたままの、武家らしい御仁《ごじん》も見かけた。

「お茶とお菓子、いかがですか」

女が、菓子が入った重箱《じゅうばこ》を持ち売りに来たので、若だんなが連れの為に箱全部を買う。それを配っていると、座に明るい歓迎の声が上がった。現れたのは、まだ若いと思われる噺家であった。

年の頃がはっきりしなかったのは、高座に上がった本島亭場久《ほんとうていばきゅう》という噺家も、目の所をくり抜いた、目かつらを付けていたからだ。

「おや、噺家が付けるとは珍しい」

佐助が驚いている横で、仁吉が一寸眉《ちょっとまゆ》を顰《ひそ》めた。若だんなも首を傾《かし》げ、「あれ」と言ったが、さっと周りの客達を見回し、口をつぐむ。その間に場久は、柔らかな所作《しょさ》で頭を下げると、さっそく落語を始めた。

最初は、女郎《じょろう》に夢中になった若者の話を、短く語った。これは、少しはらはらしたものの、あっさりと終わる。二席目が、今宵の呼び物であるようだった。

「さて、二つ目の噺の主人公は、あるお屋敷の、なかなか様子の良いご主人で。そう、竜介《りゅうすけ》さんとでもお呼びしましょうかね。この方、まだお若いのに奥方を亡《な》くされました」

竜介は、まだ細君《さいくん》がいる内から、付け文など貰《もら》う男であったから、独り身になると直《す》ぐに再縁の話がおきる。すると……とうにあの世へ行った筈《はず》の亡き妻の霊に、祟《たた》られてしまうのだ。

「うらめしい……」

場久が、おなごのような裏声で語ると、屏風のぞきが、片手に持った饅頭《まんじゅう》を握りしめる。

「そ、そんな事言ったって、いい男ってぇのは、辛《つら》いんだよ。嫌でも、もてるからな」

竜介が、亡き妻の霊を無視していると、屋敷では怪異が見られるようになった。障《しょう》子《じ》に、突然鬼の影が映り脅してくる。訪ねてきた知り合いが、玄関先で化《ば》け狸《だぬき》と化し、大騒ぎとなる。そんな場では、常に亡き妻のねっとりとした声が聞こえていた。

「おまえさん、あたしですよう……」

場久は、大声を出す訳でもないが、座が冷えてくるような語りをする。火鉢に身を寄せる客が、何人もいた。長崎屋の妖達は、隅の一《ひと》っ所に集まっている。

「きゅげーっ、鬼が来たら怖い」

「鳴家、鳴家も鬼じゃなかったっけ？」

「でも若だんな、鬼怖い……あれ？」

「許せん。玄関で突然化けるような怖い狸は、狸汁にするべきだ！」

狐達は着物の裾《すそ》から、束子《たわし》のように毛を立てた太い尾をはみ出させ、目を吊《つ》り上げている。場久の静かな声は、更に絡みついてきた。

「幾ら男が無視しても、亡き妻の訪れは、毎日続くのです。終《しま》いに竜介さんは、鬼より化け物より、妻の声を聞くことが、一番恐ろしくなってしまいました」

近くに住む僧を呼び、経をあげて貰ったが、何も変わらない。その内、何と夢の中にまで、妻の霊が現れてきた。

「竜介さんはもう、起きてるんだか寝てるんだか、分からなくなっちまいましてね」

夢の内で竜介は、必ず納戸《なんど》に向かう。そして隅に隠しておいた小さな棗《なつめ》を手に取り、中にある毒で霊を殺そうとするのだ。

しかし、だ。茶に毒を混ぜようが、菓子にまぶそうが、既に亡くなっている妻が、また死ぬわけがなかった。霊はあざ笑うような表情を浮かべ、亭主にまとわりつく。

「あらあんた。おれはこのままじゃ眠れない、辛いっていうんですか？」

あたしも死ぬときは、苦しかったですよぅと言い、霊が何故《なぜ》だか楽しげに笑う。

「だからねえ、あたしと一緒に行きましょうよ。そうしたらきっと、ようく眠れますから」

亡き妻が手を差し伸べると、竜介はふらふらと、引き寄せられてしまう。叫んだ。

「これは夢だ。ただの夢だ。目が覚めりゃ、何もかも元に戻るんだ」

「そうかしら。でも夢じゃ終わらないかも」

もし黄泉《よみ》の坂まで引っ張っていかれたら、竜介はもう現世へ戻れないかもしれない。

「い、嫌だぁ」

その日、叫んだ所で竜介は目を覚ました。布団《ふとん》から飛び起きると、高僧に縋《すが》る為、もう必死の思いで上野の寺へと飛んでゆく。桔梗紋《ききょうもん》の袱紗《ふくさ》に包んだ金子を差し出し、助けてくれと頭を畳にすりつけたのだ。

客達が、先はどうなるのかと、高座へ視線を集める。噺家が怖がって、影に逃げ込もうとした時、近くにいたお武家の袴《はかま》にぶつかった。すると、その途端。

「お前か！」

頭巾姿のその男が、突然仁王立《におうだ》ちとなったのだ。

「寄席が終わるまで、待ってやろうかと思っておったが、もう我慢出来ぬ。怪しい話を広めていたのは、噺家、お前だったんだな！」

「へっ？　一体何を……」

霊の呪縛《じゅばく》から解き放たれたかのような、ぼうっとした顔が、幾つも頭巾男の方へ向く。すると寸《すん》の間《ま》の後、大勢がぎょっとした表情を浮かべ、急ぎ立ち上がった。

何故か、一人怒っている男は、刀を抜きはなっていたのだ。

「ひえっ」

場久が高座の上で思わず身を引くと、侍が総身から怒気を発しつつ、一歩前へ出る。悲鳴が寄席に響き、佐助が若だんなをさっと抱え込んだ。

ここで仁吉が、一吹きで部屋中の蠟燭を消す。残る明かりは火鉢の炭火ばかり、辺りはほとんど見えなくなった。

「ひゃああ」

誰のものかも分からない悲鳴が響く中、闇《やみ》でも全く困らない妖達が、さっさと襖《ふすま》を開け、部屋から抜け出していった。すると、廊下においてあった有明行灯《ありあけ》の灯が目に入ったのか、他の客達も次々に外へと飛び出てゆく。

助けを呼ぶ声がし、店では人が入り乱れ、大勢が味噌屋の表へ消えていった。

若だんなにとっての初めての寄席は、半端《はんぱ》に噺の最後が分からないまま、妙に怖いものと化して終わった。

2

「いやぁ、怖かったねえ。若だんな、あたしは怪談など初めて聞いたが、刀まで出てくる趣向とは知らなかったよ」

翌日の事。妖達が炬燵《こたつ》に集まった中、屛風のぞきがのんびり言うと、母屋《おもや》から餅《もち》を持って来た佐助が、ぺしりと妖の頭をはたいた。

「若だんな、馬鹿な付喪神《つくもがみ》の言葉を、鵜呑《うの》みにしてはいけませんよ。昨夜の武家は、寄席で突然、乱心でもしたのです」

「寄席にいた誰も、怪我《けが》はしなかったんだよね？　そう、良かった」

寄席で抜刀した頭巾姿の武家は、夜に紛れて逃げてしまったらしい。怖かったのか、ついでに目かつらを付けた噺家まで姿を消したと聞き、若だんなが眉尻《まゆじり》を下げた。

「あの噺家は、上手《うま》く逃げたと思うよ。妖のようだったし」

「きゅー？　そうなの？」

「なんだ、気がついていなかったのか」

仁吉に呆《あき》れられた妖達は、さて噺家は何と言う妖だったのか、一斉に話し始める。

「若だんな、話はお八つを食べながらの方が、はずみますよ」

ここで佐助が、大根下ろしと砂糖入りの黄粉《きなこ》が載った盆を炬燵の上に載せた。そして横にある長火鉢に網を置くと、餅を焼き始めたので、妖達はわさわさと火鉢に寄る。ところが。

若だんなと妖らは、直ぐに餅と睨《にら》めっこをする事になった。餅は焼けてぷくりと膨れると、突然文句を言い始めたのだ。

「ああ、熱い。おまけに、これから食われるなんて。嫌だよう」

「何と、お餅がしゃべってる」

若だんなが目を丸くすると、怖い表情を浮かべた屏風のぞきが、その膨れた一切れを、ひょいと手に取った。途端、餅がぱちんと爆《は》ぜ、熱いものが顔に吹き付けたものだから、悲鳴を上げる。佐助が急ぎそれを取ると、餅は嘘《うそ》のように黙った。

「そのお餅、付喪神なのかしら?」

しかし、先週ついたばかりの品だと聞き、鈴彦姫が首を傾げる。

「ぎゅい、食べてみる。全部食べられたら、妖じゃない」

果敢にも、鳴家達がこぞって餅にかぶりついたが、喚《わめ》く餅はいない。佐助が仁吉と何やら話し込む中、妖達は若だんなの為だと言い、せっせと餅を焼くと、黄粉や大根下ろしを付けて食べている。

「ううむ、不思議な程美味《うま》かったが、それ以外、変わった事はなかったな」

皆が報告すると、兄や達は一応頷いた。しかし訳の分からない怪異は、餅だけでは終わらなかったのだ。

翌日の昼下がりのこと。

「お、た、えーっ」

若だんなが暖かい縁側でうとうとしていると、突然母屋から、父藤兵衛《とうべえ》の大声が聞こえてきた。

「お、おとっつぁん、どうかしたの？」

驚いた若だんなが目を覚まし、佐助がさっと母屋へ走ってゆく。母の名が出た為か、守狐達も素早く様子を見に行った。

すると。程なく母屋から、母のそれは楽しそうな声が、聞こえて来たのだ。

「あらまあ、お前さんが居眠りなんて、珍しいですねえ」

ころころと笑っている。じき佐助が離れへ戻って来て、口元に笑みを浮かべながら、主の大声の訳を説明してくれた。

「旦那《だんな》様は火鉢の横で、ちょいと寝てしまったらしく……夢を見たそうで」

その夢の中で、藤兵衛は心底困り切っていた。妻のおたえが突然、店から消えてしまったというのだ。

「探しても探してもいない。旦那様はそれで、大声を上げたんだとか」

「とんだ悪夢だった……貘《ばく》食え、貘食え、貘食え」

藤兵衛は、そう唱えて大きく首を振った後、それでも何とはなしに不安なのか、今おたえの部屋で、算盤《そろばん》を入れているという。

「おとっつぁんが、真っ昼間に寝ることなんて、あるんだねえ」

変な夢だねと、若だんなは笑った。だが直ぐ、笑みを引っ込めてしまう。

「あれ、今度はこの離れが……何か変な気がするんだけど」

どうにも気になって、きょろきょろと辺りへ目を向けるが、いつもの中庭が見えるばかりだ。異変など何も無い。

だが。

佐助が顔色を変えたと思ったら、直ぐに若だんなを抱え上げたのだ。

「どうしたの、急に」

驚いて問うたその時、若だんなも顔を強《こわ》ばらせる。居眠りを誘う天気であるにもかかわらず、若だんなと佐助の足の下に、影が無かった。


一時《いっとき》の後、長崎屋の離れの炬燵に、大いに真面目《まじめ》な顔つきをした妖達が集まった。

影の異変は直ぐに失《う》せたが、佐助から事を聞いた仁吉が、病よけだと言い、それはそれは濃い薬湯《やくとう》を作ったものだから、若だんなは口の中が苦くて菓子にも手を付けずにいる。その分妖達が、菓子が古くならぬよう、せっせと食べていた。

「何で妙な事が、続くのかねえ。変な妖が、入り込んでるのかもな」

そう言いつつ、屏風のぞきが蜜柑《みかん》を剝《む》くと、炬燵の上からその房を半分ばかり、鳴家達が運んでゆく。

「きゅー、狸？　狢《むじな》？」

「狸なら餅に化ける事は、出来ましょう。だが、藤兵衛旦那に悪夢を押っつける事は、無理ですよ」

守狐の言葉に、猫又《ねこまた》のおしろが頷いている。

「まるで、みんなで悪い夢を、見ているみたいですねえ」

すると若だんなが、炬燵に載せていた顔を上げた。

「もしかして、皆、いっぺんに化かされてるのかな？　ここは夢の中だったりして」

それで奇妙な事が、当たり前のように起きるのだろうか。しかしこの考えを聞いた貧乏神金次が、からからと笑った。

「あたしゃ今、夢は見てないよぉ。まあ、ずっと強い神様でも悪さをしてれば、分からないだろうがね」

「違うか……」

すると妖達が、思いつくまま根拠もなく、あれこれ考えを並べ始める。

「ぎゅい若だんな、さっきの影は地面と喧嘩《けんか》したんで、暫《しばら》く消えてたのかも」

「鳴家、影って喧嘩するの？」

「分かんない」

「藤兵衛旦那は昨日、寝間《ねま》で夫婦喧嘩をしたとか。それであんな夢を見たんだ」

「屏風のぞき、そいつはあり得るな。しかしそれじゃ、影や餅の不思議が分からない」

佐助が笑うと、今度は守狐が、餅が喋《しゃべ》ったというのは、鳴家達の聞き間違いだろうと言い出す。だが他の妖も聞いたと言ったので、この考えも否《いな》となる。

ここで仁吉が、真剣な調子で言った。

「誰かが長崎屋の井戸に、妙な幻を見る薬を、投げ込んだという考えはどうです？」

これは大いにあり得る事だと、皆が頷く。長崎屋は薬種問屋でもあるから、正気を失うような危ない薬草や茸《きのこ》の話は、皆、耳にした事があった。

「それなら長崎屋の者だけ、昼間から悪夢のようなものを、見た訳が分かるね」

若だんなも頷く。

「ならば、直ぐに井戸の水を調べましょう」

仁吉が言い、佐助と妖達は、怪しい者が井戸に近づかなかったか、探る事にした。

「おやぁ、長崎屋はいつの間にか、誰かに恨まれていたのかねえ」

金次の言葉に、若だんなが少し心配顔を浮かべた、その時であった。

「まあ、何の騒ぎかしら」

鈴彦姫が通りの方へと目を向ける。騒ぐ声が塀越しに、聞こえてきたのだ。佐助が身軽に横の木戸から表を見に行き、直ぐに妙な表情を浮かべて戻ってきた。

「通りでよみうりが、人を集めてました。何でも上野のあちこちの寺で、幽霊を見た者が出たとか」

更に、ある武家の屋敷では、馴染《なじ》みの振り売りが野菜を売りにいった所、腰を抜かしてしまったという。門が消えて塀ばかりが続いており、中へ入れなかったらしい。

「長崎屋以外でも、気味の悪い事が起きているようですね」

佐助の言葉に、離れにいた面々は、顔を見合わせた。

「こりゃ、井戸に薬が放り込まれた訳じゃ、無さそうだ。まるで悪夢があちこちから、湧《わ》いて出ているみたいだね」

すると、仁吉が厳しい表情を浮かべた。

「そんなものが、万に一つ、寝ている間に若だんなへ取っついたら、厄介です。とにかく、若だんなだけは、直ぐに護らなくては」

どうする気なのかと金次が聞けば、上野は広徳寺《こうとくじ》の高僧、寛朝《かんちょう》へ使いを出し、悪夢払いのお札でも、送ってもらうと口にする。

寛朝は妖退治で有名な僧であった。その手になるお札が来ると聞き、妖達は一斉に炬燵から飛び出て、口を尖《とが》らせる。

「きゅわ？　そんなものあったら、一緒に寝られない」

鳴家達は炬燵の上で怒る。しかし、若だんなを護る為となると、兄や達は引かなかった。

「急いで舟を仕立て、小僧頭をやりましょう。切り餅二つ、五十両もあれば、寛朝様は大急ぎで書いて下さるでしょう」

ところが。上野へ向かった小僧頭は、思っていたより早く、しかも持たせた金子と一緒に帰ってきた。そして小僧頭は、何と寛朝本人を連れてきたのだ。

「おんやま、こいつはお久しぶり」

驚いた屏風のぞき達が、高僧に挨拶《あいさつ》をすると、付き従ってきた若い秋英《しゅうえい》という弟子が、困った表情で若だんなに頭を下げる。

「小僧頭さんから、ご依頼はお聞きしました。普段でしたら、長崎屋さんからのお頼みとあらば、我が師は直ぐに承知なさるのですが」

悪夢を払うものとして、広徳寺は、貘の絵を描いた札を授けているのだと、秋英は口にした。悪夢を貘に食べて貰おうと、節分や大晦日《おおみそか》の夜、よく寝床に敷く、いわゆる『貘の札』だ。

ところが。ここで庭先に立ったままの寛朝が、大きく溜息をついた。

「実は困った事が起きた。私が描いた貘の札が、突然、全く効かなくなったのだ」

（あれ、また困っているお人に会ったよ。今度は、寛朝様だとは）

若だんなはここで、ちらりと部屋の隅にある、文箱《ふばこ》へ目を向けた。そこには、『お願いです、助けて下さい』と書かれた、木札が入れてあるのだ。

だがまだあの木札の主は、分からないままでいる。そしてまた、困りごとが増えた訳だ。

「おや寛朝様、神通力《じんつうりき》が消えちまったのかい？」

金次が何故か、楽しげな表情を浮かべつつ聞くと、高僧は貧乏神をきっと睨み付けた。

「そうではない。現に私が書いた他の怪異封じの札は、今でも十分効いておる」

若だんなが、とにかく上がって下さいと頼み、僧二人も大きな炬燵に入る事になった。暖かい布団を足に掛けた寛朝達は、寺では使っていない炬燵の暖かさに、目を細めている。しかし、鳴家から一房蜜柑を分けて貰うと、大きく溜息をついた。

「どうして札が役に立たなくなったのか、急ぎ調べた。すると、悪夢を食べる貘が消えていたのだ。札に描いた絵の中におらん」

何故だかここ二日、江戸のあちこちで、悪夢のような光景が目にされていた。そして、不可思議を退治するならば寛朝が頼りになると、皆、広徳寺へやって来ているのだ。

「なのに、肝心の札が効かん。これでは寄進を、受け取る訳にもいかぬでな」

おまけに、己を頼ってきた善男善女を、救う事が出来ない。寛朝は心底困っているのだ。

「ははぁ、そんな時に長崎屋から使いが来たものだから、寛朝様はこれ幸い、広徳寺を抜け出して来たんだね？　情けない坊さんだ」

屏風のぞきが明るく笑うと、寛朝が一枚の札を懐《ふところ》から出し、付喪神の額に張る。妖は硬直したが、秋英がその札をむしり取り、寛朝を叱《しか》ったものだから、鳴家達が笑い声を上げた。

「とにかく、絵から消えた貘を捕まえるか、今回の怪異を早く何とかしませんと……我が師と寺は、大いに困った事になります」

秋英は貘が消えた札を見せ、長崎屋で起きた怪異のことを、師と共に聞きに来たと話す。しかし鈴彦姫が、しゃべり出した餅の話を教えると、僧二人は頭を抱え込んだ。

「何でそんな妙な事が、このお江戸で起きたんでしょう」

秋英に問われても、離れの者達は、首を傾げるばかりだ。皆はしばし、炬燵に置かれた、効かない札を見つめる事になった。

3

怪異の訳は、湯豆腐の夕餉《ゆうげ》を取り、蜜柑と饅頭を食べても分からなかった。よって皆は、考え続ける事を止《や》め、とにかく今の怪異を終わらせようと、行動に出る事にした。

「逃げ出した貘を、捕まえねばならない」

寛朝は重々しく言うと、離れの面々に、間違いなく効くという、あるお札を見せた。

「皆は今夜から、枕《まくら》の下にこの札を敷いて寝てくれぬか」

お札には輪の絵が描かれていて、その上下に、貘と夢の文字が見える。夢の中に貘が現れ、輪に足を突っ込むと、きゅっと締まって捕まえる事が出来るのだそうだ。

「きゅい、貘用の夢罠《ゆめわな》だぁ」

貘以外には効かぬと聞くと、妖達は面白がって協力を約束する。すると若だんなが、妖らに頼み事をした。寝る前にこのお札を、妖が寝床にしそうな寺や神社の隅などにも、置いてきてもらいたいと言ったのだ。

「はて若だんなは、貘が夢の内ではなく、このお江戸を歩いていると思っているのかな」

寛朝に問われ、若だんなは炬燵に入ったまま、ちょいと眉尻を下げた。

「確かにそうだとは、言えぬのですが」

しかし、寛朝のお札が効かぬということは、最近貘は夢を食べていないのかもしれない。訳があって、食べなくなったとも考えられる。だが、ひょっとすると。

「貘は、夢の内から出てしまっているのでは、ないでしょうか。悪夢を食べる者がいないので、悪夢が現世へ溢《あふ》れ出たのかも」

「おお、さすが我らがお育てした、若だんなです。考えが深い」

兄や二人は嬉しげに微笑《ほほえ》み、秋英も大きく頷いた。

「若だんな、面白い考えです。ええ、貘は寛朝様のように、どこかへ逃げているのかも」

「秋英、私のように、などと付け足さなくてもよろしい」

寛朝は大きく息をついたが、ならばと言い、江戸中にばらまく札も、せっせと描いてくれた。それだけでなく、他所に置いた絵に貘が捕まった時、直ぐに分かるようにと、絵の中の輪に、鈴をくっつけてくれたのだ。

「貘が捕まった時、この鈴が鳴る。その音を聞いたら長崎屋へ教えに来てくれるよう、鳴家、他家の鳴家に頼んでおくれ」

「きゅい、じゃ寛朝様、蜜柑、剝いて」

他所の鳴家へのお礼に、蜜柑を一房ずつ抱えると、鳴家達が影の中へと消えた。他の妖も、鈴付きの輪を仕掛けにゆく。しかし。

「あたしだったら、こんな罠には引っかからないねえ」

金次は一人炬燵に残ったまま、お札へ大いに、胡散臭《うさんくさ》そうな視線を向けた。

「それどころか、あたしがこんな札を見つけたら……そうさね、描かれている輪に、野良猫《のらねこ》でもくくりつけておくかな」

そうなったら、鈴の音に引かれてやってきた鳴家達は、多分猫に引っかかれ、泣き出す事になる。すると腹を立て、寛朝の禿頭《はげあたま》に、がぶりと嚙《か》みつくだろうと言うのだ。

「貧乏神、怖い事を言うではない」

「御坊《ごぼう》、この世には怖い因果《いんが》が、溢れているのさね」

寛朝らは離れに泊まることとなり、夜も更《ふ》けると、その日は皆張り切って休んだ。枕の下にしっかり貘用の夢罠を置き、寝たのだ。

すると。

(あ、今日は寝付きが良かったんだな)

若だんなは、直ぐに夢を見ているんだと分かった。確かに暖かい布団の中で寝た筈なのに、何故だか、川岸を歩いていたからだ。

冬の筈なのに日差しは暖かで、土手には桜草が咲いている。若だんなは草臥《くたび》れもせず、元気に歩き続け……じき、顔を顰めた。

(ああやっぱり、私の夢の中にも、貘はいないみたいだ)

一見安穏《あんのん》な夢に見えて、今若だんなが見ているのも、やはり悪夢だったからだ。貘は悪夢を食べていない。

(外へ出ているのに、兄や達がいないよ。鳴家だって袖《そで》の内に、一匹も入ってない)

そういえば天気が良いのに、土手には誰も歩いていなかった。振り売りの声すら聞こえず、若だんなは青空の下、一人きりであった。悪夢というのは、本人にとって一番怖い事を、目の前に突きつけてくるものだという。だから。

（やれ、これが私にとっての悪夢か）

若だんなは息を吐くと、小さく笑った。

「大丈夫だ。目を覚ませば、離れには妖達がいる。皆は私よりも長生きだもの。きっとこの先も、長崎屋にいてくれるよ」

そうつぶやいた時、若だんなは静かな川沿いの土手で、ふと足を止めた。いきなり妙な問題が、頭に浮かんだのだ。

「でも、そんな暮らしをしてて、私はお嫁さんを貰えるのかしら？」

影の中から突然妖が現れたら、大抵の者は、怖いのではないか。母のおたえは、父と婚礼をあげ、上手くやっている。だがそれは、母を護っているのが、人を化かすことが上手い、妖狐だからだとも思う。

「その守狐達だって、今は遠慮して、庭のお稲荷《いなり》様に移ってるし」

しかし鳴家や屏風《びょうぶ》のぞきらを、今から他所へ移せる訳もなかった。第一そんなことをしたら、こうして一人でいるのが悪夢だと思うように、若だんなは酷《ひど》く寂しいに違いない。

「この先、どうなるのかしらん」

若だんなは水面を見つめた後、さっと顔を上げると、とにかく皆の所へ帰る事にした。外出が出来ても、一人でぶつぶつ言っているだけでは、どうにも楽しくない。

「鳴家が寝ぼけて、顔でも蹴飛《けと》ばしてくれないかな。そうしたら目が覚めそう」

試しに「鳴家ぃ」と呼んでみる。するとどこからか、「きゅいー」と、声が聞こえてくるではないか。

さっと暖かい風が吹き、若だんなは土手で大きく笑った。

「目が覚めかけているのかな」

鳴家ぃと、また声を張りあげる。今度は、ちりんと鈴の鳴る音がした。

若だんなは、今度は兄や達の名を呼ぶと、ぎゅっと目を瞑《つむ》った。

「呼びましたか、若だんな」

目を開けた途端、側《そば》に来ていた仁吉にそう問われた。

「ああ、離れだ。戻って来た」

若だんなは布団から起き上がり、夢を見ていたと話した。どうやら明け六つ頃らしく、直ぐに雨戸が開けられると、中庭の向こうに朝焼けが目に入る。

「それにしても、今朝は早いね。いつもは私が起きてから、部屋へ来るのに」

「実は夜の内に、例の鈴が鳴りまして」

「ああ、その音は私も聞いたよ。貘が捕まったんだね」

若だんなが急ぎ着替えをし、隣の居間に顔を出すと、朝餉《あさげ》前から妖達が顔を揃《そろ》え、何やら変わった獣のようなものを、押さえ込んでいた。横には寛朝と秋英もいて、獣が『貘』だと教えてくれる。

「その獣がそうなんだ。鼻は象に似ているね」

若だんなは象の絵を、見た事があるのだ。妖達もここで、てんでに感想を言い始めた。

「若だんな、きゅい、熊《くま》みたいです」

「おい、足は虎《とら》だぞ、まるで」

「屏風のぞきさん、尾っぽは牛ですよ」

「この目は……何でしょう、珍しい形」

「秋英さん、こいつは何だか、訳の分からん生き物だな。しかし何で、あんな簡単な罠に捕まったんだ？　阿呆《あほう》なのか？」

金次が眉間《みけん》に皺《しわ》を寄せると、貘は貧乏神をきっと睨んだ後、不意に人の形に化けた。

すると、見てくれは至って並になったが、離れの面々は、却《かえ》って驚きの声を上げる。

「あれ兄や、どこかで見た男の人だよ」

「若だんな、こいつは……先日の寄席に出ていた噺家《はなしか》です。目かつらを付けていた、あいつですよ」

佐助が言うと、皆は寸《すん》の間《ま》男を凝視した後、わっと大きな声を上げた。

「きょげー、貘が噺家に化けた」

「こりゃ驚いた。本当だ」

成る程、悪夢を山と承知している貘なら、怪談は得意だろう、と金次が深く頷く。

貘が高座に出ていた事を知り、寛朝が顔を赤くした。

「おい、この貘は悪夢を喰うのを怠《なま》けて、怪談など話していたのか」

「御坊、噺家のあたしは、貘じゃございません。本島亭場久と呼んで下さいまし」

「場久、だと？　本島《ほんとう》は貘だとでも、言いたいのか。言葉遊びをしている場合か！」

この怠け者と言って、寛朝が一つ、拳固《げんこ》を喰らわしたものだから、場久が情けのない悲鳴を上げる。若だんなは慌《あわ》てて止めると、悪夢を食べなくなった訳を、場久にやんわりと問うた。

「お前さん、噺家になりたくて、夢から飛び出た訳？」

「い、いえ。あたしは貘。そんな大層な心づもりで、人の世に来た訳ではありません」

話を始めた場久は、高座で落語でも話すかのように、きちんと座り直した。すると妖達も客席にいた時のように、居住まいを正す。

「こうみえてもあたしは、もう数年も高座に出ておりまして」

「数年！　気がつかなんだわ」

寛朝が呆れ顔を浮かべている。

「ちゃんと悪夢は食べておりましたから。だから誰にも、迷惑はかけちゃおりません。ただ、話すのが好きだっただけで」

何しろ悪夢に出てくるような怖い話なら、場久はお手のものであった。よって段々、寄席から声が掛かることも増えてきたのだ。

ところが。

「実は最近、高座で話していると、誰かが睨んできている気がしましてね」

人ではない故《ゆえ》、場久は用心して、夜席で話す事が多かった。だから客席も暗めで、視線の主は分からない。仕方なく目かつらを付けてみたが、落ち着かない。

「思い過ごしだ。怪談を聞いて、客が緊張しているのだと、己に言い聞かせておりました」

しかし、妙な虫のしらせは、空事《そらごと》ではなかった。先日頭巾《ずきん》姿の武家が、場久に斬《き》りかかってきたのだ。

「怖くて。とにかく怖くて」

場久は咄嗟《とっさ》に闇の内へ逃れ、刀からは逃げる事が出来た。

だが、そうやって逃げたところを、誰かに見られたのではないかと思うと、身が震えた。怪談を高座で語りたいと思っても、またあの武家が来るかもしれないと思うと、怖い。

「落語を止めたくはないのに、どうしたらいいのか分かりません。しばし悪夢を食べる事も忘れて、悩んでおりました」

するとここで、寛朝がまた、貘に拳固をくらわした。

「この阿呆が。お前さんの本性は貘。それが悪夢を喰うより、落語を話す方に気を取られて、どうする！」

「そ、そんなことを言ったって」

場久は痛いようと頭を押さえつつ、目に涙を浮かべる。

「長いこと、本当に長い間、あたしは悪夢ばかり、食べ続けて来たんですよう」

悪夢は、人の不安や、苦しい現実が、寝ている間に現れてきたもの。恐怖と悲しみ、恨みや後悔、怒りなどから出来ているのだ。いい加減、胸まで一杯という感じで、貘は悪夢など、ちっとも食べたく無くなっていた。

「そんな時、話の下手な噺家の悪夢と、行き会いまして」

落語は好きだが、話した後、師匠からあれこれ言われるのが辛《つら》い。客達から下手だと笑われれば、泣きそうになる。その悩みが高じて、噺家の夢は悪夢と化していた。

貘が悪夢を食べてやると、噺家は疲れ切っていたらしく、別の商いに仕事を変えてしまい、そしてもう悪夢を見なくなった。

「ふと思いまして。その噺家より、あたしの方が、怖い話をたんと知ってます。きっと面白く話せるんじゃないかと」

それで人の世に出て場久と名乗り、溜《た》まりに溜まった悪夢の数々を、神社の境内などで吐き出してみたのだ。すると足を止めた者達は大いに怖がり、場久は評判になった。そして運の良い事に、少しずつ高座にも呼ばれるようになったのだ。

「せっかく毎日が楽しくなっていたのに。あの武家、どうして刀を抜いたんです？何故、あたしに怒ってたんだろう」

刀が怖くて、場久は高座には出られなくなった。すると、吐き出せなくなった悪夢を、食べる気になれない。

「ああそれで、ちまたに悪夢があふれ出したのか」

妖《あやかし》達は大いに納得する。場久は、あの剣呑《けんのん》な夜から今まで、寄席《よせ》の屋根裏で丸くなっていたと白状した。

「こうして、皆さんの前に来たのも、何かのご縁。助けて下さいよう」

皆が困りごとから救ってくれたら、また悪夢を食べる。場久がそう言い出したものだから、寛朝は思い切り顔を顰《しか》め、秋英は困った表情を浮かべる。

(あれ、また困ったという相手と、出会ったよ)

若だんなはふと、木札が収められている文箱へと、目を向けた。

4

翌日から長崎屋の妖達は、あちこちにある寄席の夜席《よるせき》へ、顔を出すようになった。特に、怪談の演目を選んで行ったのには、訳がある。皆は、場久を狙《ねら》って刀を抜いた、あの頭巾の侍を捜しているのだ。

「とにかく場久がこのままじゃ、また餅《もち》が、文句を言いかねないから」

それで若だんなが、場久に力を貸してやろうと言ったのだ。だが、喜んだのは寛朝達だけで、兄《にい》やらは最初、興味無さげな様子であった。すると場久が、必死に頭を下げる。

「あの、助けて下さったら恩にきます。若だんなが熱で苦しんで怖い夢を見たら、直ぐにあたしが食べますから」

「分かった、協力しよう」

兄や達は急に愛想が良くなると、「宴会」という一言で、他の妖達を釣った。

「佐助《さすけ》さん、蒲鉾《かまぼこ》が出ると良いねえ」

「屏風のぞきだけでなく、皆も聞いてくれ。場久は刀を抜いた、あの侍が怖いんだ。あいつが誰なのか突き止め、話を付けねばならん」

場久に逃げられたのだから、武家は今も寄席へ顔を出し、目当ての噺家がいないか捜しているかもしれない。

「頭巾を被《かぶ》っていたから、顔は分からん。寄席に怪しげな武家がいたら、知らせてくれ」

仁吉《にきち》はそう指示を出すと、妖達に木戸銭を渡した。「お任せを」妖達は張り切って、夕刻の寄席へと散ってゆく。

「私もゆくよ。頑張ってあの武士を捜す」

「若だんな、駄目です」

風が冷たいからと、何としても出して貰《もら》えず、若だんなは場久と、炬燵《こたつ》でお饅頭《まんじゅう》を食べつつ待つ事になる。溜息《ためいき》をつくと、一つ問うた。

「ところで場久さん、お侍に狙われた理由、何も思いつかないの？」

「だって若だんな、あたしは貘、普段は夢の中にいるんですよ」

場久が江戸の市中に姿を現すのは、高座に出る時のみなのだ。直参《じきさん》、陪臣《ばいしん》、浪人、どんな立場の侍だろうが、そもそも貘と、知り合いになる筈《はず》もなかった。

「そうか……そうだよねぇ」

するとそこへ、近くの味噌屋《みそや》の寄席へ行った鳴家《やなり》が、早々に帰ってくる。

「頭巾のお侍、いない。怖いお侍もいない」

加津屋《かづや》は先の騒ぎに懲《こ》りて、武家の客を二階に上げる時は、刀を預かるようにしたらしい。そのせいか、至って平穏だったようだが、今宵《こよい》の噺が怖かったらしく、鳴家はさっさと戻り、若だんなの懐に入ってしまった。

「きゅい、噺家は、誰かを堀へ突き落としたって、話してた。あいつ、悪い奴《やつ》！」

「鳴家や、落語は、作り話なんだから」

笑いながら若だんなは饅頭を割り、一かけ鳴家に持たせる。そして、ふと手を止めた。

「あ、でも場久さんの場合は……」

若だんなが、饅頭の残りを食べずに、盆に置いたものだから、他の鳴家達が喜んで、持って行ってしまう。

「若だんな、饅頭、不味《まず》かったんですか？」

仁吉が、栄吉《えいきち》が作ったものではないのだがと言ってきた。「美味《おい》しいよ」若だんなは息を吐いてから、場久が武士の怒りをかった訳を、一つ思いついたと口にする。

「おんや、どういう話になるんだい？」

問うたのは、こちらも帰りが早かった金次《きんじ》だ。己《おのれ》が行った寄席には、剣呑な武家はおらず、ついでに話も面白く無かったと告げる。

「怪談を語ってるのに、客達にのんびり羊羹《ようかん》を食われてて、情けなかったよ。それで若だんな、場久はどういう間抜けをしたのかね」

「あのね、場久さんは、加津屋で斬りかかってきたお武家が見た悪夢を、食べたんじゃないかと思うんだ」

「は？」

皆の不思議そうな声が揃った。勿論《もちろん》貘は悪夢を食べる。当たり前ではないか。

若だんなはちょいと笑うと、言い足りなかったねと、話を付け加えた。

「つまりさ、場久さんはいつものように、ある武家の悪夢を食べた。寄席であれこれ語るくらいだから、貘は食べた悪夢がどんな話か、覚えているんだよね？」

「ええ、そりゃあ、まあ」

「その怖い夢は、きっと怪談として語るのに、丁度いいものだったんだ。それで場久さんは、寄席でその話をした」

お客はその落語をとても恐《こわ》がり、評判が良かった。だから場久は武家の悪夢を、あちこちで語ったのではないだろうか。

「ええ、噺家は客受けの良い何本かの話を、繰り返し喋るもんです」

するとその時、火鉢の上に置かれていた薬缶《やかん》が、「それがどうした」と口をきいた。また悪夢が漏れ出てきたのだ。

「悪夢って、本当に訳が分からないな。けど、もう考えたくない、嫌だと思っている実際の出来事を、夢に見ちゃう事もあるよね」

例えば期限のある仕事が、どうしても間に合わない夢を、職人が見る。虐《いじ》められた相手が出てくる夢を、子供が見てしまう。嫌だと思うからか、逆にその事が夢に現れるのだ。

「ああ、そういうことは、ありますね」

皆も納得顔だ。

「あの剣呑なお武家も、思い出したくもない本当の出来事を、悪夢として見たんじゃないかな。それを場久さんが食べて……寄席で話しちゃったんだ」

口が裂けても言えない話だったのかもしれない。なのにそれを高座で、大勢に向け話しまくっている男がいるのだ。たまたま寄席へ寄ったとか、人からの話を聞いたかで、あの武家はその事実を知った。

「ははあ、話が広まり、己の話だと知人に分かったら拙《まず》い。その前に、場久さんを殺しちまおうとした訳ですか」

佐助が頷《うなず》けば、金次はからからと笑う。

「武家はひょっとしたら、場久が悪夢の元になった出来事を、見たと思ったのかもしれないぞ。まさか噺家が貘で、悪夢を食べたとは思うまいしさぁ」

悪夢と化す程の出来事だ。露見したら、身の破滅になる事なのかもしれない。

「となれば、一か八か場久の首を刎《は》ね、口封じをしたいと思うかもな」

夜席だ。しかも武家は頭巾を被っていた。上手《うま》く逃げられれば己は助かると、思い定めた上での行いかもしれない。

「若だんな、その考えは当たってるぞ。いや、すっきりした」

金次は満足げに笑って、寛《くつろ》いだ様子で饅頭を食べ始める。しかし場久は、一層困った様子で炬燵に身を寄せた。

「そんな……寄席で話す落語は結構あります。でもどの話も、そこまで剣呑ではないと思うんですが」

「場久、己で分からない。きゅい、馬鹿《ばか》？」

「直《す》ぐに危ないと分かる話ではないのかも」

若だんながそう言うと、離れの面々は、勝手に譬《たと》え話を言い始めた。

「猫に引っかかれた悪夢。あの武家は猫嫌いだけど、猫の飼い主は好きだから、人に知られたくないのかも」

「煙草《たばこ》の悪夢。吸った時、お武家は火を落として、大事な父親の風呂敷《ふろしき》に穴を開けたとか」

「若いおなごに、振られた悪夢。もう四人に、次々振られてて、絶対知られたくないのだな」

「金次さんも兄やさん二人も、落語が分かっちゃいませんね。そんな面白くもない話、あたしは高座で喋《しゃべ》ったりしませんよ」

ここで堂々と場久が言ったものだから、貧乏神金次が取り憑《つ》くぞと脅し、また口をきいた薬缶が、「やれぇ」とけしかける。

金次に凄《すご》まれた場久が「ひい」と悲鳴をあげ、逃げた。若だんなは、場久を何とか助けにかかる。

「そうだ場久さん、最近寄席でどんな怪談を語ったか、教えちゃくれませんか」

そうすれば、襲ってきた武士にとって大層都合の悪い話がどれだか、分かるかも知れない。若だんな達は、夜席の分しか聞いていなかった。すると場久は、急ぎ話し出す。

「ええと、一本は、火遊びを止めない子供の話でした。日本橋の大通りから二本奥へ入った、浪人の家で食べた悪夢です」

いつ大火事になるか怖いのに、親はおらず、育てている祖父母は孫を止めない。真に迫った話で、客達は聞き入ったようだ。

「次は、前髪を落としたばかりの、男の話で。この若者、女郎に夢中になりましてねえ」

だがまだ若い男は、金が続かない。滅多に客にはなれないのに、焼き餅だけは一人前に焼く男の苦悩を、場久は人前に晒《さら》したのだ。これが、若だんなが聞いた夜席の、一席目であった。

「もう一つは、近くの町火消《まちびけ》し、鳶《とび》の意地の張り合いで」

いつかは纏持《まといも》ちになりたい火消し、気っぷの良い兄さん二人の競争であった。同じ組で、似た歳《とし》の者が先に纏持ちになったら、他には機会が無くなる。それで悪夢を見るほど、思い詰めていたらしい。

「最後は、池之端《いけのはた》で食べた、金の苦労の話もしました」

あるお武家が、金に窮していた。そんなとき妻が亡《な》くなったので、持参金の多い嫁を貰おうとする。だが、なかなか上手くいかない。場久はその悪夢を語ったのだ。

「ここんところ、私が話している怪談は、この四つでしょうか。それで、どの話が拙かったんでしょうねえ」

星の瞬《また》きを込めたような、期待一杯の眼差《まなざ》しで見つめられ、若だんなは困ってしまった。何故《なぜ》なら町火消しの怪談以外は、武家が関わっており、大いに困っておかしくない話だったからだ。

「なんだ、省けたのは一つですかい。要するに若だんなにも、事は見通せないってことか」

場久が不満げに言うと、兄や達がものも言わずに怒った。場久をとっ捕まえ、佐助が片腕で吊《つる》したのだ。そこに段々、他の寄席へ行っていた妖達も離れへ戻ってくる。

「きゅわ、日本橋近くに変な武家、いたぁ」

「おい、上野の寄席に、頭巾姿がいたぞ。武士か医者か、分からんが」

「野寺坊《のでらぼう》さん、深川《ふかがわ》の岡場所《おかばしょ》近くにも、妙なお侍がいましたよ」

鈴彦姫がそう告げると、屏風のぞきも神田で一人、気になる男を見つけたと話した。しかし、そもそも武家の顔を見てないから、その中にあの夜の男がいたかどうか、誰にも確《しか》とは分からない。

屏風のぞきが、顔を顰めた。

「四人も見つかっちまって、多すぎるな。これからどうするんだい？」

すると金次が貘を見て、にやりと笑った。

「なに、知れたこと。この場久を、その武士が来ている寄席の高座へ、上げればいい」

頭巾の武士が斬りかかったら、捜していた相手だとはっきりする。

「分かりやすくて、いいや」

「とんでもない！　怖いです。止めて下さい」

場久はまた逃げだそうとしたが、これ以上手間を掛けるなと、妖達は離してくれない。

「やだ、やだ、止《よ》して下さい。やだぁ」

だが、若だんなに手間を掛けたあげく、先ほど馬鹿を言ったので、仁吉は怖い顔をして場久を逃さない。するとここで、火鉢で焼かれていた餅が、今日も楽しげに笑い出した。

「ははは、獏《ばく》が吊された」

それを見た僧二人は、頭を抱える。

「獏や、早く事を終わらせねば拙いぞ」

だが、獏が怖い武家に斬られて死ぬのも困る。獏がいなくなったら、要らぬ事を言う餅が増え、この世がおかしくなってしまうからだ。

「寛朝様、なら怖い高座になど、行かせないで下さいよう」

だが、いくら懇願しても、場久に休んでいろと言う者はなかった。

5

「やっぱり怖い、怖い。嫌だぁ、ああ、これこそ悪夢ですよう」

日本橋は瀬戸物町《せとものちょう》にある寄席の奥の間で、場久が、泣き言を言いつつ羽織《はおり》を着ている。

「まずは日本橋の高座へ出るのが良かろう。例の武家を捜すなら、人の多い場所から行うべきだ」

兄や達が勝手に結論を出し、屛風のぞきが面白がって、以前場久が関わった日本橋の寄席へ、また出たいという文を出してしまった。すると場久を待ち望む客は多かったようで、あっさり諾との返答を貰えたのだ。

「寛朝様、助けて下さい。秋英さんでもいいですよぅ」

しかし悪夢がこの世に漏れ続けているものだから、僧達までが、場久を高座へ連れていくのに力を貸した。今朝も、若だんなが食べようとした目刺しが、皿から飛び跳ねて逃げてしまったのだ。

「ほれ場久、そろそろ高座へ上がれ。さっさと話を始めないと、寄席が長引いて、若だんなが疲れるじゃないか」

兄や達が怒るぞと、金次にせっつかれ、場久はおっかなびっくり高座に座った。そして語る前に、まず客達を見つめている。

その日寄席には、頭巾を被った武家の姿はなかった。勿論、斬りつけてくる者もいない。場久は直ぐに総身から力を抜くと、安心して火遊びの話を語り始め、じき無事に終えた。

「ああ若だんな、久々に話して、楽しかったですよぅ。そりゃ、受けも良かったし」

場久は本当に語るのが好きらしく、戻って来ると、顔を紅潮させている。

「もしかしたら先日のお武家は、あの日たまたま、乱心なさったのかもしれませんね」

人に斬りかかったのだから、多分今頃医者にいるか、座敷牢《ざしきろう》へ入っている筈だ。ならば場久は、怖がる必要など、ないかも知れぬとまで言い出した。

「おお、急に元気になったな。ならば、他でも直ぐに話せるな?」

妖達は既に、他の夜寄席へ出る日も決めていた。次の、上野の池に近い寄席へ向かったのは、日本橋の寄席から三日の後であった。

その寄席は、大きな茶屋の二階で開かれた。場久はまず、奥から客席を覗《のぞ》いたが、今宵も怖そうな武家の客はいない。よって今回は寛朝や秋英を困らせず、場久は緋毛《ひもう》氈《せん》へ上がった。

それでも最初は、寄席の障子が開いて人が部屋へ入ってくると、びくりとして顔を上げたが、菓子や茶を運ぶおなご達が続くと落ち着いていく。

暗くなってきた中、客席に置かれた蠟燭《ろうそく》へ火が入ると、その炎を揺らすがごとく、怖い語りが始まった。

「本日は持参金と、かわいい娘っこの話をいたします。しばし、ひんやりとなって頂きましょう」

場久は先日にも増して、趣たっぷりに語り始めた。最初は、綺麗《きれい》な娘達の縁談が語られたものだから、客は皆、誰が身分高き男の妻になるのかと、興味津々《しんしん》、余裕を持って聞いていた。

だがじきに、茶饅頭に手を伸ばす者など、いなくなる。若だんなは話の途中、ふと首を傾《かし》げた。縁談が舞い込んだ時、男にはまだ妻がいた。しかし話が進むと、あっさり、やもめとなっていたのだ。急に、妻は消えてしまっていた。

（ああ、直ぐに後妻を貰う話になってる。少し変えてあるけど、この落語、先だって初めての寄席で聞いた話と、同じなんだ）

ならばじきに、ぞくりとするおなごの幽霊が、現れる事になるのだろう。

邪魔する武家のいない寄席で、場久は今日も、生き生きと語っている。騒ぎのせいで聞きそびれた怪談を、今日こそ最後まで聞けるだろうと、若だんなは楽しみ出した。

するとその時。手ぬぐいで頬被《ほおかむ》りをした、着流し姿の客が、すいと立ち上がったのだ。厠《かわや》へ行くでもなく、そのまま場久を見つめている。

「おやお客さん、粋《いき》な手ぬぐいの柄ですね。でも、お座りになって下さいまし。他のお客さんの、気が散っていけねえ」

場久が声を掛けても、頬被りの男は、座らなかった。それどころか、高座の方へ一歩踏み出したものだから、驚いた場久が身を後ろへと引く。

「拙い、あの足さばき、剣術をやっている者ですね。あの日の武家か」

仁吉と、奥の間にいた寛朝が、咄嗟に高座へ駆けつけようとしたが、とても間に合わない。

しかしここで、若だんなが男の足を止めたのだ。

「お前様、通町の寄席にいた、お武家ですよね？」

名までは分からず言えなかったが、場所を口にした事で、男の足が止まる。

「そして、住んでおいでなのは、上野では？」

剣呑な男は今日頬被りをして、髪型が見えず、身分、素性を隠している。しかし場久が語った怪談の内、目の前にいる、二十歳代と思われる男に合う話は、上野で食べられた悪夢、武家の縁談絡《がら》みの話だけなのだ。

場久が語った日本橋、上野、深川の悪夢の中で、日本橋の夢の主は、孫がいる男。深川で夢を見たのは、まだ前髪を落としたばかりの、若者であった。

男が睨《にら》んでくる。しかし若だんなは、話を止めはしなかった。

「お武家様は、先だっても寄席で、場久さんに絡まれてますよね？　何がお気に召さないのか分かりませんが、場久さんは一生懸命作った怪談を、語っているだけですよ」

若だんなはここで暗に、場久の話は作り物であると、男に伝えてみた。己とは無関係と納得すれば、男が場久から、手を引いてくれるのではないかと期待したのだ。

だが。男は手ぬぐいの下から、若だんなをも睨みつけてくる。口を開いた。

「この噺家が口にしたのは、それがしの屋敷近くで耳にした、武家の縁談に違いない。違うと言い張るのか？　いや誤魔化《ごまか》すな。間違いないのだ」

そして、町人の分際《ぶんざい》で武家の婚礼話に首を突っ込むなどけしからんと、大上段に言い出した。男は、今日は袴《はかま》も着けておらず、刀も差していないと見えたのに、何故だか小刀《しょうとう》を持っていたらしい。懐《ふところ》から突然、手妻《てづま》のように取り出してきたのだ。

「ひええっ」

場久の顔が引きつり、佐助が直ぐに若だんなを身の後ろへ隠した。

ところが。ここで男はそのまま立ちすくみ、高座へ近寄らなかった。その目は場久から逸《そ》れて、横の暗がりへ向けられている。総身を強張らせ、その内わずかに、震えだしてきた。

「何？」

若だんなが目を凝らしてみると、並んだ蠟燭の明かりも届きにくい隅に、ぼうっと浮かび上がった姿があったのだ。

「女の人……？　いつの間に」

すると、おなごの言葉が身に絡むように聞こえて来て、男の顔が歪《ゆが》む。

「あら殿、今日は随分と、険しい顔つきですこと」

おなごは雪のような色白に見えるのに、何故か着物の柄は、はっきりしない。その笑みは、男に向けられていた。

「ねえ殿、どうしても聞きたい事があって、つい、会いに来てしまったのです。そんな嫌そうな顔、しないで下さいませ」

妻じゃありませんかと言い、すいとおなごが近寄ると、男が仰《の》け反《ぞ》るように後ろへ下がった。すると、おなごが大きく笑い出す。

「あら、そんなに私を嫌がるということは……ああ、あの噂《うわさ》、本当なんですね？」

うらめしいこと。

「恋しい人と言われたこの身が死んで、まだ一年も経《た》っておりませんのに。もう若い後添いを迎える気なんですね」

　おなごが、緋毛氈の少し手前で立ちすくむ男に、また近づく。若だんなの首筋の毛が、急に逆立った。

「こんな事なら、一緒に、お前様も連れていけばよかった」

「ど、どこへ？」

　問うたのは男ではなく、高座の隅にいる場久であった。おなごはちらりと噺家へ目をくれた後、言葉は男に掛ける。

「殿、今からでも一緒に来てはくれませんか」

　ゆく先は言わなかったのに、男は大きく震え出し、はっきりと逃げ腰になる。回りに居た客達は立つ事も出来ず、蠟燭の明かりに浮かび上がる男と女のやり取りへ、食い入るような視線を向けていた。

「ああ、ずっと共にいたい。殿といたい。ねえ、私と一緒に居て下さいますよね」

　おなごの白い手が、差し伸べられる。

「二人で行けば、きっと怖くはないから」

　何故だかその言葉の中に、冬の風が巻き付いているかのようであった。若だんなが、先だって通町で聞いた場久の落語と、おなごの言葉の違いに気がつく。

「あの日の怪談では……おなごが一緒に行きたいと言った先は、確か」

あの世。

そうつぶやいた途端、横にいた秋英の顔が強《こわ》ばる。見れば寛朝《かんちょう》が、懐から取り出した紙に、急ぎ何かを書き付けている。するとおなごがその姿に気がつき、口元を歪めた。

「お坊様、いいんですかぁ、そんな怖いお札を書いて。殿は私が居なくなったら、そこにいる噺家さんに、小刀を突き立てるかもしれませんよ」

「これ、物騒な事を言うではない」

寛朝が手に札を持ち、そろりと二人の方へ近寄ってゆく。また、おなごが笑った。

「だって殿ときたら、人を殺《あや》めるのに、ためらいがございませんから。屋敷の人達……義父上《ちちうえ》も義母上《ははうえ》も、怖い人でしたわ。ねえ、殿。そうでしょう？」

おなごが言葉を続けようとした、その時であった。男は飛ぶように動くと、寛朝の手から護符をもぎ取ったのだ。そして暗い寄席の隅にいるおなごに、その紙を思い切り突きつけた。

すると護符が効いたのか、それとも怖《おそ》れて逃げたのか、おなごの姿が闇《やみ》に沈んだかのように、見えなくなってしまった。

護符が、床の上に落ちる。男はそれを拾い上げると、急に顎《あご》をくいと上げ、身の内に力を取り戻した様子となった。

まるで、見知らぬ妖でも見たかのような言いっぷりに、若だんなが眉《まゆ》を顰《ひそ》める。

「何と、気味の悪い事だった」

「今の姿……亡くなられた奥方なのでは？　なのに、気味が悪いんですか？」

「ほう、お前は幽霊が好きなのか？　おれは、あんなものと付き合うのはご免だ」

男が、護符をひらひらさせつつ言ったその時、ひゅうと風が流れ、蠟燭の明かりが乱れて、部屋内の影が揺れ動く。寄席の客達は、まだ声も出ない様子で寄り集まった。

ここで男は、また場久を睨み付けた。すると場久は怪談を語る代わりに、突然、とんでもないことを口にし始めたのだ。

「お、お武家さん、お前様、殺しましたね」

手ぬぐいの下で、男の眼が見開かれた。その身から、剣呑な気配がにじみ出てきたが、場久の言葉は止まらない。

「若い娘、それも持参金がたっぷり付いた嫁と入れ替わるように、奥方が亡くなるなんて、妙だと思ってたんだ」

細君は後妻に嫉妬《しっと》して、この世に現れてきたのではなかった。恨みと悔しさの為《ため》成仏《じょうぶつ》できず、一緒に三途《さんず》の川を越えたら気が済むと、憎い人殺しを搦《から》め捕りにきたのだ。

「夢に出た、毒の入った棗《なつめ》は……ひえええっ、小刀をあたしに向けないで下さい。わああっ」

「場久の阿呆っ。どうして要らぬことを喋るのだっ」

寛朝の大声と、場久の悲鳴が混ざった中、武家は一段高い高座へ突進し、噺家の口を塞《ふさ》ぎにかかる。

片手で鞘を持ち、小刀を抜きはなったその時、握っていた護符が指から離れ、ゆっくりと落ちていった。すると、その一片は近くの火鉢の上で僅《わず》かに舞い上がった後、吸い込まれるように炭火の上へ被さる。

直ぐに燃え立つと、僅かに辺りを明るくした。途端。

「ああ、妙なものが消えました」

おなごの声がまた聞こえ、男が目を剝《む》いた。白く柔らかい手が背中から絡みつき、後ろへ男を引っ張っていたのだ。

「や、止めないかっ」

驚いて、男は振り解《ほど》きにかかったが、何故《なぜ》だか細い女の腕を、引きはがす事が出来ないでいる。

「離しませんよ。殿は私の夫。たとえ殺した相手だって、私は妻です」

「寛朝様っ、何とかして下さいまし」

秋英の強ばった声が聞こえたが、そう直ぐには次の護符を書くことなど出来ず、僧は慌《あわ》てふためいていた。

「あ……」

若だんなは顔を、すうっと冷たいもので撫《な》でられた気がした。おなごに引かれた男が、二歩、三歩と後ずさって行くのだが、幾ら下がっても、寄席の壁にも障子にも、突き当たらないのだ。

「二人は、どこへ行くんだろう……」

鳴家が袖《そで》の内で、若だんなの手にしがみついている。その若だんなを、佐助と仁吉が両脇《りょうわき》からがっちりと護《まも》り、決して武家へは近づけなかった。

場久の声だけが、薄暗い寄席の夜席で聞こえてくる。

「あの世へ一緒に、行くのか。二人で三途の川の畔《ほとり》の、鬼に会うのか」

しかし殺された妻と、殺した夫は、三途の川を渡った先で、分かれることになるかもしれない。若だんなは動く事も出来ず、消えゆく姿をただ見ていた。

（それとも、夫を黄泉《よみ》の坂まで引きずっていった罪で、おなごも同じ所へ、落ちてゆくのかしら）

程なく二人の姿は、蠟燭に照らされた寄席から、すっかり見えなくなってしまう。

「あ、あの、どうなって……」

場久が高座で、呆然《ぼうぜん》とつぶやいたその時。

「ひああああああっ」

いきなり大きな男の声が、皆の足下から部屋中に響き渡ったのだ。

「ひっ」

誰も彼も、頭を抱え込んで突っ伏し、暫《しばら》く動く者すらいなかった。

6

その後三日の間、場久は噺家ではなく、悪夢を食べる貘《ばく》として、長崎屋の離れへ通う事になった。

寄席の夜席に通ったのが拙かったのか、幽霊に出会って寒気に包まれたのか、若だんなが熱を出したのだ。それで兄や達が、今回の騒ぎを持ち込んだ当人、場久へ怖い視線を向けていた。

　場久は約束通り、せっせと熱が運んで来た若だんなの悪夢を、食べ続けた。そして病もやっと楽になってきた今日、障子越しに、冬の日差しが明るい離れの寝間《ねま》で、首を傾げていた。

「火事の夢とか、怖いものもありましたが……不思議と何てことなさそうな悪夢が、多いですね。若だんなの場合」

「けほっ……そう？」

　川縁《かわべり》を散歩している話など、怪談としては話せないと文句をいうものだから、場久は佐助に、ぽかりと頭をはたかれる。

「勝手を言わず、悪夢をちゃんと食べてろ。これからは悪夢を現世に漏らしたりしないと、寛朝様と約束しただろうが」

「へい……だって寛朝様は、怖いんですよう。もし悪夢を食べないんなら、護符を貼《は》って、もう高座に出られないようにするって脅かすんです」

　ここで薬湯を持って来た仁吉が、若だんなの横に座り、大きく息をついた。

「場久はあんな目に遭っても、まだ高座に上がる気なんですよ。悪夢の話をしたら、また妙な者に、斬られるかもしれないのに」

「へへ、その時はお助け下さいまし」

　上野の寄席での騒ぎは、怪談を語った場久の趣向という話にして、誤魔化したらしい。幽霊を見た客達は余程怖かったのか、夜席のことを噂にした。怪談を語らせたら一番だと、場久は随分高く評されるようになったらしい。

「あはは、けふっ、それは良かったね」

　その時若だんなが、ちょいとかすれた声で、仁吉へ問うた。

「幽霊にとっ憑かれたあの武家、お屋敷へは戻ってないの？」

「そうみたいですね。若だんなが気になさると思って、妖達に捜させたんですが」

　上野近くに住んでいて、最近細君を亡くし、直ぐに後妻を貰いそうな若い武家。さすがにこれだけ重なると、名を特定するのは難しくなかった。

「あの男、黒木田《くろきだ》史親《ふみちか》というお侍でした。三百石取りの直参だとかで。しかし、急に行方知れずになったという話です」

　夜釣りにゆき、川に落ちたということで落ち着きそうだと、妖達が小耳に挟んできた。亡くなった奥方に、黄泉の坂へ引きずり込まれたとは、噂でも口に出来る事ではないのだろう。

「黒木田家では、新たな嫁御《よめご》の持参金を、当てにしていたようで。今、あれこれ支払いに困っているとのことですよ」

その金欲しさに、史親は己の妻を殺めたのだろうか。幽霊の言葉を信じるのなら、親族もその行いを知っていたのに口をつぐみ、新たな持参金を望んでいたようだ。

「悪夢みたいな話だね」

でも実際起こった悪事は、獏に食べて貰う事は出来ない。夜が明けても、無かった話にはならないのだ。

「全く人ってぇのは、怖い、怖い」

にやりと笑う獏の頭を、佐助がまた、軽く小突く。場久は笑い声と共に、夢の中へ逃げて行った。しかし、一言を残した。

「悪夢に困った時は、これを敷いて寝て下さいまし。あたしがその夢を、喰いますから」

置いていったのは、ちゃんと獏と繋《つな》がっている、『獏の札』だ。ついでに高座へ出る時は、また離れに寄りますと付け足したものだから、布団《ふとん》に潜り込んでいた鳴家達が、ぎゅわぎゅわ声を上げた。

若だんなは、その『獏の札』を、文箱へしまおうとして、ふと手を止める。助けて下さいと書かれた木札に、目を向けた。

「貘は助けられたよね。うん、一つだけだけど、出来たことはあった」

これからも少しずつ、頑張ってみよう。若だんなが笑いと共に小さく頷《うなず》くと、鳴家達が、何か良いことがあったのかと問うてくる。

「うん、みんなで頑張れて良かった」

そう言って鳴家の頭を撫でると、嬉《うれ》しげに「きゅわ」と鳴いた。

ひなこまち

1

「こら待てっ。そこの怪しい女っ、待ちやがれっ」

江戸は京橋《きょうばし》近く、堀川《ほりかわ》沿いに響いた声は、廻船問屋《かいせんどんや》兼薬種《やくしゅ》問屋、長崎屋《ながさきや》に巣くっている付喪神《つくもがみ》、屏風《びょうぶ》のぞきのものであった。

屏風が百年の時を経て、妖《あやかし》と化したもので、屏風のぞきは平素、人と変わらぬ姿を見せて、長崎屋の離れで暮らしている。長崎屋は妖と縁が深く、離れには数多《あまた》の者が巣くっており、それは、寝起きをしている若だんなも、承知の事であった。

その妖である屏風のぞきが、長崎屋から外へ出て、川沿いを必死に、おなごを追いかけていた。少し前のこと、怪しげな音を離れで聞き、屏風のぞきは訳を突き止めようと、木戸から走り出たのだ。

背後から、妖に、大きな声を掛けた者がいた。これまた長崎屋に住まう人ならぬ者、若だんなの兄《にい》やである仁吉《にきち》だ。

「待てと言われて、待つ奴《やつ》がいるものか。屏風のぞ……いやその、お前こそ止まれっ」

さすがに往来で、妖の名を大声では叫べない。仁吉は二人の後を追って走り出しつつ、舌打ちをした。逃げるおなごは若く、足が速い。おまけにその時、駆けながら堀へ、するすると近寄っていったのだ。見れば岸には、小舟がもやってあった。

「あ、川へ逃れる気だなっ。行くんじゃねえ」

屏風のぞきは眉《まゆ》を吊《つ》り上げたが、おなごは先程からせっせと逃げ続けているのだから、勿論《もちろん》止まりはしない。船頭の姿はなかったが、おなごは構わず小舟に乗り込むと、一人で竿《さお》を岸に突き立て、器用に堀川へ舟を出してゆく。

だがその間に、屏風のぞきが、ぐっと間を詰めた。その勢いを見て、仁吉が何時《いつ》になく慌《あわ》て、一段と大きな声を妖へ向けたのだ。

「止《や》めろっ、川沿いで無茶をするんじゃない。水に落ちたらどうするんだ。お前、自分が何者か、分かってるんだろうなっ」

屏風のぞきは、屏風の付喪神、つまりその本体は、紙で出来ているのだ。堀になぞ落ちて濡《ぬ》れたら、ふやけて溶けて水に散り、おだぶつになりかねない。

「また若だんなを、酷《ひど》く心配させる気か」

しかし。そう叫んだところで、仁吉は一寸《ちょっと》足を止め、首を傾《かし》げてしまった。

「はて、屏風のぞきが若だんなに、とんでもない心配を掛けた事なぞ、あったかね？」

仁吉が考えこむ間に、舟は岸から離れていく。おなごは漕《こ》ぐ事に、慣れているようであった。屏風のぞきは行かせまいと、岸にあった杭《くい》から舟へ、一気に飛んだ。

ところが。

とんでもない事が起こったのだ。妖はその足を、確かに舟の端に着けた。だが、その途端、舟が大きく傾いたものだから、妖の身は、反り返ってしまった。

「ひょえっ」

思い切り両の手を振り回しても、その身は水面へと傾いで行く。

「ちょいとお兄さん、落ちるよっ」

おなごはお人好しなのか、慌てて手を差し伸べてきたが、間に合わない。その時屏風のぞきの足が、舟の縁《へり》から見事に外れた。弾みで舟がちょいと進むと、屏風のぞきは顔を強《こわ》ばらせ、そのまま水へと落ちて行く。

「あ、死んだ」

一瞬、顔を引きつらせた仁吉の目の前で、妖は大きな水しぶきを上げ、堀川に飲まれてしまったのだ。

2

江戸は今、ある話で持ちきりであった。

浅草にある人形問屋平賀屋《ひらがや》が、美しい娘を一人雛小町《ひなこまち》に選び、その面《おもて》を手本にして、立派な雛人形を作る事になったのだ。

「おかげで今、江戸中の若い娘っこは、我こそはと、浮き足立っているんだよ」

その噂《うわさ》を、長崎屋の離れへ持ち込んで来たのは、今回も馴染《なじ》みの岡っ引き、日限《ひぎり》の親分だ。

若だんなが風邪をひいたものだから、親分は今日、縁側《えんがわ》ではなく離れに上がってい た。長火鉢《ながひばち》で豆餅《まめもち》を焼いてもらうと、親分は炬燵《こたつ》で若だんなの向かいに入り、熱い茶を飲みつつ話を進めていく。

「雛小町には、両国《りょうごく》の器量よし、茶屋娘のおときや、一枚絵にもなった呉服町《ごふくちょう》のおきなも、選ばれたいと言ったとか」

　すると、炬燵と綿入れに埋められている若だんなが、一つ首を傾げた。

「ひなひゃま？　げほっ、なひぇ……」

　若だんなは去年も半年前も、一月前も寝込んでいたほど、体が弱い。そして今日は、何時にも増して喉《のど》が痛いらしかった。言葉が「げほ」と「こんこんっ」という音の混じった、「○×…○□」という、訳の分からないものになってしまっている。時々「きゅわ」などという、言葉さえ混じっていた。

　しかし、だ。日限の親分は長い付き合い故《ゆえ》か、「げほげほ」だらけの物言いにも、いい加減慣れていた。よって不思議な程、妙な方向に逸《そ》れることもなく、話を続けているのだ。

「それでね、若だんな。今回、娘達が特別に騒ぐのにゃ、訳があるんだよ」

　勿論若い娘なら、雛のように綺麗《きれい》だと言われたら、うれしかろう。だがそれ以外にも、気合いの入る理由が、雛小町選びにはあった。

「今回平賀屋が作る雛人形は、さる大名家へ納める、別格の一品ということなのさ」

　雛人形が仕上がったら、納めに行くとき、手本にした娘も大名家へ同道するらしい。そして、雛小町として殿様にご挨拶《あいさつ》をするというから……ひょっとして上手《うま》くいけば、殿のお目に留まるかもという、話が囁《ささや》かれているのだ。

大名家のご側室《そくしつ》となれば、大出世。金襴《きんらん》の着物と、御殿暮らしが待っている。

「そこで運の良い事に、男の子でも授かってみな。末はお大名のご生母様とならぁ」

おなごにとっては、富くじに当たるよりも大きな幸運を、雛人形が連れてくるかもしれないのだ。

すると、今度は海苔《のり》入りの餅を、長火鉢の焼き網に載せた佐助《さすけ》が、首を横に振った。

「そう上手く、事が運ぶとも思えませんがね。第一お大名には、既に跡取りがおいでかもしれないでしょうに」

「いやそれが、雛を納める先にはいないのさ。奥方様には、幼い若様がお二人いたが、揃《そろ》って去年、痘瘡《とうそう》で亡《な》くなったとか」

今、側室はいない。餅をくわえた親分によると、若様が亡くなられた後、急に雛小町を選び人形を作るという話が、出て来たようなのだ。

「だからひょっとすると、こりゃ新手のご側室選びかもしれないなんて、言われてるぜ」

勿論、派手な美女選びなど、お上への手前、なかなか出来るものではない。しかし商家が勝手に、己《おのれ》の商売で作る雛の手本を選んでも、それは文句の出る話ではないのだ。

佐助が苦笑を浮かべる。

「ははあ、そりゃお出入りの商人が、気を利《き》かせましたかね。それとも、早く新たな跡取りが欲しい御重役に、若君を産んでくれそうな、若い娘を知らぬかとでも聞かれたか」

とにかく平賀屋と大名家、それに娘らの思いが縒《よ》り合わさり、今お江戸は、何時にない熱気に包まれているのだ。

親分はぱくりと海苔餅を食べると、まだ焼けた餅があるのに、長火鉢に置かれた網に、粟餅《あわもち》を幾つも載せた。すると長火鉢の陰から、小さな鬼の姿が現れ、熱い餅をかすめ取ってゆく。しかし小鬼の鳴家《やなり》は人に見えぬ妖であったから、親分は騒ぎもせず、悠々と餅を食べ続けていた。

「おひゃ分、えひゃび方は◎△…………」

「若だんな、どうやって雛小町を選ぶのか、気になるのかい？　平賀屋は商売が上手い。地本《じほん》問屋と組んで、まず、娘らの雛番付を作る事にしたんだそうだ」

食い物や店などの優劣を勝手に決め、相撲の番付と似た体裁で番付を作る事が、暫《しばら》く前から流行《はや》っていた。

雛小町の件もそれと同じで、誰ぞに選者を頼み、娘達に順位を付けてゆく気なのだ。今回は江戸の娘達の内、誰が一番、大名道具である雛人形の手本にふさわしいか、それが選ぶ物差しになる。

「若い娘の一生を賭《か》けた雛争い。それを決める美人番付が出りゃ、皆は興味津々《しんしん》買いますよね。地本問屋は張り切っているでしょう」

仁吉がにやりと笑うと、親分が頷《うなず》く。地本問屋は売れると睨《にら》んだ番付を、東と西の二枚に分け、出す事にしたという話だ。そして双方の番付で、最上位の大関に入った娘の内から、ただ一人、雛小町を決めるという。

「そんだぎ▼△×……がな？」

「勝手に娘の名を番付に載せて、文句が出ないかどうか、考えてるのかい？　おれは、番付に娘の名が載ってなかったら、親が怒ると思うがね」

日限の親分はにやりと笑って、もう一つ粟餅を食べようと手を伸ばし……餅網の上に一つも載っていないのを見て、首を傾げた。佐助が網に新たな餅を置きつつ、こちらも首を傾げている若だんなに、理由を告げる。

「番付に載るってことは、江戸中の多くの人達に、娘の名が知れ渡るってぇ事です。どんな娘なのか、興味を持つ男も多いでしょう」

つまり上手くいけば、雛小町にはなれずとも、良い見合い話が来るかもしれないのだ。

「へふ、成る程、そべは大騒ぎに……けほっ」

笑った若だんなが苦しそうに咳《せ》き込むと、仁吉がさっと薬湯《やくとう》を差し出す。すると今日の若だんなは大人しく、何も言わずに、その凄《すご》く濃い一杯を口に運んだのだ。

親分が驚いたものだから、仁吉が口の端を上げ、若だんなの不調の訳を口にした。

「実は先だって、出入りの指物師《さしものし》が、一枚の木札を残したんですよ。で、そいつには、〝助けて下さい〟なんて書かれてましてね」

たまたま紛れ込んだものだろうから、気にするなと言ったのに、若だんなは木札を捨てなかった。あげく、木札について聞きたいと、指物師の所へこっそり出かけ……職人に何も知らぬと言われた上、あっという間に風邪を拾って、叱《しか》られたのだ。

「おやおや、若だんなが気になるのは、小町よりも木札かい」

親分が片眉を上げると、仁吉が、薬湯の椀《わん》へ顰《しか》め面《つら》を向けている若だんなに、優しい視線を向ける。

「木札を見て、誰かに頼られているようで、若だんなは嬉《うれ》しかったんだと思います」

病弱故どうしても、人に頼る事の多い若だんなであった。しかし、もう子供ではないのだ。だからそろそろ、人を支える方になりたいという気持ちも、出て来るのだろう。

「その心意気は分かります。何しろ私らがお育てした若だんなは、優しい方ですからねえ」

仁吉は大いに頷いた。

「でも、後二百年ばかり、大人しくしていて下さいませんかね。心配ですから」

「わはっ、二百年とは参った！　墓の中で骨になってそうだの」

親分はげらげらと笑いだし、困りごとを抱えてる者がいるなら、調べなくても相手の方から、現れてくるだろうと請け合った。だがそこで、目を一回ぱちくりとすると、急に己の困りごとを思い出したのだ。親分は例によって、お勤めの悩みを抱えていた。

「おお、そうだ。ちょいと話したい事があったんだった。雛小町騒ぎのせいかの、最近着物や小物を盗まれる事が、増えてるんだ」

着飾って、何とか雛小町番付に載りたいからか、古着が売れている。着物は高いから、並の家の者が買うのは、古着である事が多かった。

「洗って干してあるものを盗まれたり、古着屋から盗《と》られたり。困ってるのさ」

新品の反物《たんもの》まで盗まれる始末で、古着屋の組合は、盗人《ぬすっと》を捕えた者に、礼金を出す事にしたが、まだつかまらない。日限の親分は、大層忙しくなっていた。

「長崎屋も〝雛小町〟の件に巻き込まれるだろうから、暫く大変かもしれん。だが、妙な奴を見かけたら、ちょいと知らせておくんな」

いつものように、力を貸して欲しいという、虫の良い依頼であった。しかし、若だんなと兄や達は、別の言葉に首を傾げる。

「ごほっ？」

「親分さん、巻き込まれるって、どういうことですか？」

すると親分は、そいつも言ってなかったかと頭を掻《か》いてから、肝心要《かなめ》の噂を、長崎屋の面々に伝えた。

「ああ、そのな。今話したように、雛小町になりたいっていう娘っこは、多いんだ」

つまりこうなると、番付の選者を決めるのが難しくなる。皆が注目している事だけに、選者は多くの者が納得する、立派な人物でなければならないのだ。その上。

「雛小町に選ばれそうな若い娘が、身内にいる者が選者になると、贔屓《ひいき》だと言われかねない。そうだろ？」

だから。

「長崎屋には娘がいないし、親戚《しんせき》も少ない。つまり藤兵衛《とうべえ》旦那《だんな》は、多分番付の東か西、どっちかの選者を、頼まれると思いますがね」

大店《おおだな》、長崎屋の主《あるじ》であれば皆納得するからと、親分はにこにこ笑っている。

「けふ、雛小町を、おどっづぁんが選ぶぼ……？」

離れのあちこちが音を立てて軋《きし》み、若だんなと兄や達は、顔を見合わせる事になった。

「おどっづぁんが、ごばち、選×◎……の？　□◆××……？」

思わぬ話の成り行きに、若だんなは興味津々、目を輝かせる。しかし、あれこれ尋ねようとした時、若だんなは大きく咳き込んでしまったのだ。涙が止まらなくなって、何と仁吉ではなく日限の親分に、もう寝ろといわれてしまう。

「ほれ目が赤い。俺は早々に帰ろうよ」

そろそろ腹が一杯になったのか、親分がさっと尻《しり》を上げると、心得た佐助が小粒を袖内《そでうち》に落とし、土産の餅を渡した。

「こんっ、×△■……」

まだ話したいと若だんなは首を振ったが、部屋の障子が閉まり、親分の背は消えてしまった。佐助はもう一枚掻《か》い巻《ま》きを取り出し、若だんなを鳴家達と一緒に巻く。ついでに、炬燵の中にいた付喪神のお獅子《しし》を、温石《おんじゃく》代わりに掻い巻きへ入れると、お獅子は、はみ出た尻尾《しっぽ》を振っている。するとようよう、若だんなの咳も止まってきた。

「今日はもう寝ましょう。木札も雛小町も、逃げはしませんよ」

佐助へ、泥棒は逃げるかもしれないと言ったのだが、横から屛風のぞきまでが、休めと言ってくる。

「ほら、寝た。木札の事はあたしが、その内調べておいてやるから」

妖が絵の中からそう請け合うと、小鬼達はさっさと、寝息を立てて眠り始めた。すると、若だんなの瞼《まぶた》も重くなった。部屋の内に姿を見せていた妖達は、また静かに影の内へと戻っていく。

ところが。

若だんなが寝て、離れが静まった途端、仁吉と佐助が、さっと身構えたものだから、屛風のぞきが目を見張る。二人は中庭の向こう、横手にある木戸の外へと視線を向けた。

「妙な音がするね。誰かが店を、窺《うかが》っているようだ」

兄や達の言葉を聞き、屛風のぞきは絵の内から抜け出したのだ。

「ほう、良かった。何とか形を留めているよ」

3

ずぶ濡れで、板戸の上に伸びている屛風のぞきを見て、仁吉は安堵《あんど》の息を吐いた。

妖が堀川へ落ちたと分かると、何と小舟にいたおなごが流れに飛び込んだ。そして見事に泳ぐと、妖を小舟へ引き上げ、直《す》ぐに舟を岸へと寄せた。仁吉は駆けつけると、様子を見に来た近くの家の者に頼み、板戸を借りる。屛風のぞきをその上に寝かせ、堀川沿いで急ぎ乾かす事にしたのだ。

横で、総身がずぶ濡れとなった娘が、襦袢《じゅばん》一つになって着物を絞っている。仁吉が娘に頭を下げた。

「助かった、恩に着る。それでなくとも、今、若だんなは具合が悪い。馴染みの……ものが、堀川へ落ちて消えてしまった、などと聞いたら、大熱が出かねないからね」

己は長崎屋の手代《てだい》仁吉、戸板で伸びているのは、若だんなの知り合いで、屛風……という者だと告げる。娘は笑って、自分は日本橋に住む古着売り太吉《たきち》の娘、於《お》しなだと名のった。

「このお人に追われて、怖くなって逃げたけど。でも何で、あたしは追いかけられたのかしらね」

於しなはもう逃げず、ぐったりした屏風のぞきの顔を、心配そうに見ている。すると、総身からぽたぽたと雫《しずく》を落としていた屏風のぞきが、少し乾いてきたのか、板戸の上で目を開けた。

「やれ、大事にならずに済んだか」

仁吉が一つ息をつくと、土左衛門《どざえもん》が出たのかと寄ってきていた物見高い連中が、つまらぬとばかりに散っていった。娘は濡れているのも構わず、着物を着てしまったし、男が板戸の上でひっくり返っているのを見ても、ちっとも面白くないからだ。

「ああ、良かった。あたしもほっとしたよ」

にこりと笑った於しなに、ここで仁吉が、どうして長崎屋の周りを、うろついていたのかと問う。屏風のぞきも仁吉も、その音を聞きつけ、木戸から外へ確かめに出たのだ。

於しなは、少しばかり顔を赤くした後、子細を語り始めた。

「あたしの父は、元は船頭だったんだ。ええ、だからあたしも、小舟くらいなら竿を操れるんだけど」

だが親は腰を悪くし、今は富沢町《とみざわちょう》の往来に筵《むしろ》を広げ、古着を売っている。於しなも仕立てをして、父娘でせっせと稼いでいるのだ。

「でもね、道ばたでの商いは、雨が降れば出来ない。寒い日も暑い日も、往来に広げた茣蓙《ござ》で稼ぐのは辛《つら》いんですよ」

葦簀《よしず》張り、夜は畳む床店《とこみせ》でいい、いつかは柳原土手《やなぎはらどて》辺りに小さな店を持ちたいというのが、親子の夢なのだ。

しかし。それだけの金子《きんす》を貯《た》めることは、なかなか難しかった。

「そんなとき、最近思わぬ話を耳にしたんです。雛小町という番付が出る。綺麗な娘が、選ばれるっていう噂でして」

於しなには、商いをする好機だと分かった。雛小町に選ばれたい娘達は、新しく着物を買いたくなるに、違いないからだ。

「雛小町？　お前さん木札の事で、長崎屋を窺っていたんじゃ、ないのかい」

於しなの言葉を聞いた屛風のぞきが、板戸の上で急に起き上がり……身を大きく揺らして、思い切り顔を顰める。それでも体が千切れる事もなく動き出したので、仁吉は妖を心配するのを止め、口調をいつもの調子に戻した。

「泳げもしないのに、舟に飛び移った間抜けが、起きたか。もうちっと水を切ったら、己で店へ戻りな。手間、掛けるんじゃない」

邪険《じゃけん》に言われて、妖は思い切り口をへの字にし、声を無視して於しなへ目を向ける。しかし娘は木札と言われても、何だか分からない様子であった。

「あたし、長崎屋の旦那さんが番付を選ぶと聞いたんです。だからその……どういう娘が好みなのか、知りたいと思って」

華やかな方がいいと思うのか、大人しげな感じが好みなのか。また、妻が着ている着物の色、柄は、どういうものなのか。

「それが分かれば、これという古着を集めて、売ることが出来ますから」

於しなは今日張り切って、長崎屋へやって来たのだ。

ところが。廻船問屋と薬種問屋、二つ並んだ長崎屋は思った以上の大店で、とても、気軽には中へ入れない。仕方なく周りを歩き、横手にあった木戸など窺っていたら、突然中から怖い顔をした者が、飛び出して来たという訳だ。

「客でもないのに、うろついていたから……あたし、怒られるんだと思って」

必死に逃げていたら、追ってきた者が堀川へ落ちてしまった。助けたら、こっちもずぶ濡れになったと、於しなは笑う。屏風のぞきは慌てて、頭を下げた。

「いやその、恩に着る。礼もする。木札の件で、長崎屋へ来た奴かと思ったものだから、つい追っちまった」

顔を赤くした屏風のぞきへ、馬鹿《ばか》にしたような目を向けたものの、仁吉も於しなに頭を下げた。二人の兄やの内、今回は仁吉が事を知るため外に飛び出し、佐助が離れに残ったのだ。

仁吉は詫《わ》びの代わりだと言って、於しなに、長崎屋のおかみが、どんな着物を着ているのかを教えた。

「はっきり言うが、おかみさんは着物を、そりゃ沢山持っておいでなんだよ」

色もとりどり、柄も派手なものから、地味な小紋《こもん》、縞《しま》、無地まで揃っている。おたえはどんなものを着ても似合う美人であったし、藤兵衛はいつも、妻を褒める言葉を惜しまない男なのだ。つまり、主がどういう柄を一番好むのか、とんと分からない。

「あら、まあ」

於しなが、がっかりした表情を見せると、まだ雫を垂らしている屏風のぞきが、横で立ち上がった。そして店を出す資金が欲しいのならば、救ってくれた礼に相談に乗ってやる。今なら二つの手があるだろうと、そう言い出したのだ。

「一つは、於しなさんが、平賀屋の雛小町に選ばれることった。雛小町のいる古着屋となれば、客は山と来る。直ぐに店だって持てるだろうよ」

もう一つは、着物盗人を捕まえる事だ。今なら、礼金が出る。

「着物盗人？」

ここで仁吉が、雛小町で浮き立つ者達の足下を見て、着物をかすめ取る者どもが増えた事を話すと、於しなは眉を上げた。

「古着売りの娘としちゃ、そういうとんでもない事をする奴を、捕まえる方がいい。あたしの性に合ってるよ」

それに、自分は名の聞こえた小町に張り合う程、綺麗ではないからと、於しなが少し、恥ずかしそうに付け足す。これを聞いた仁吉が、ちょいと驚いた顔をした。

「そう言い切るもんでもなかろうに。売り物で、一番綺麗な一枚を着てみなさい。皆が見違えて、振り向くだろうよ」

一位の雛小町は分からぬが、番付には間違いなく載るだろうと、仁吉は真顔で言う。於しなは、今度は少し寂しそうにつぶやいた。

「雛にふさわしいような着物を仕入れたら、そいつは一番に売らなきゃ。店の品に手を付けるようなゆとりは、うちにはないんですよ」

すると、於しなの濡れた背を、屏風のぞきがぽんと叩《たた》く。

「ならば、盗人を捕まえればいいさ。なぁに、結構上手く行くかもしれねえよ。あんたのおとっつぁんは、古着屋なんだろう？」

盗人が、盗った着物を売りに、あちらから来るかもしれぬと言って、屏風のぞきは笑った。そいつを上手く見抜いて、日限の親分に伝えればいいのだ。そうすれば褒美《ほうび》の金子が頂けるだろうし、親分や知り合いの岡っ引きが、条件の良い空き店を紹介してくれるやもしれぬ。店をもつとなれば、金子以外の事も、存外重要となるのだ。

「ああ、ここまで考えられるなんて、己は出来る奴だよねえ」

屏風のぞきがうそぶくと、仁吉がその頬を思い切りつねって、水を絞りあげた。

「とにかく、於しなさんをずぶ濡れにしちまったんだ。父御《ててご》へ事情を話しに行かねばな」

きちんと謝った後、父娘が盗人を捕まえるのに力を貸す。その事を、日限の親分へ伝える。仁吉達はそのあたりまで、於しなに協力をする事になった。屏風のぞきは、己一人でそれくらい出来ると言ったものの、日限の親分が関わるとなると、付喪神一人に任せては危なっかしい。よって仕方なく、仁吉も同道したのだ。

道を北に取り日本橋を渡ると、直ぐに江戸橋の方へ折れ、川沿いにゆく。だが堀を二つばかり渡ったところで、まだ富沢町まで大分あるのに、於しなの足が止まった。

「あれ、おとっつぁん。何でこんな所にいるの？　店番は？」

目を向けると、通りの先に、綿入れを着た男が呆然《ぼうぜん》と立ちすくんでいる。首を回し、於しなの姿を目に入れると、男はいっさんに駆け寄ってきた。そして仁吉も屏風のぞきも目に入らぬ体《てい》で、娘に泣きついたのだ。

「於しな、どうしよう。古着をやられた」

「えっ……もしかして、盗られたの？」

つい今し方、今は盗みが横行していると聞いたばかりであった。於しなは大きく息を吐いてから、父親に、何枚盗られたのかを問う。すると太吉は、目を足下へ向けた。

「それがその、一番綺麗な、昨日仕入れた小袖《こそで》を、かっぱらわれたんだ」

「あの高かったやつ、持って行かれたんだ」

於しなは、ぎゅっと唇を噛《か》みしめると、それでも顔を上げ、父親の肩へ手をやり慰めた。太吉は少し眉尻を下げると、うんうんと頷いている。どう見ても、太吉が於しなを頼りにしているようで、屏風のぞきは口をへの字にして、仁吉に小声でつぶやいた。

「おい、亭主がしっかり者のかみさんを頼りにするってのは、よく聞くが、な」

しかしまだ三十半ばの、働き盛りに見える男が、十六、七の娘に、思い切り寄りかかるのはどうなんだと、妖は不機嫌そうに言う。仁吉も、目を半眼《はんがん》にして二人を見ていた。

「まあ、於しなさんは綺麗だ。さっさと嫁に行くべきだな。そうすりゃあの父親は、頼りになる後妻でも、もらうだろうさ」

ところが。

於しなが笑みを向け、店は誰かに頼んできたのかと問うと、太吉は、とんでもない事を言い出したのだ。

「だからさ、於しな。一の品物が盗まれたんで、おれはかっぱらいを追ったんだ」

足の速い男であった。追いつく事が出来ず、往来の人混みに紛れて見えなくなりする……仕方なく太吉は、とぼとぼと店へ戻ったのだ。

「信じられるかい、於しな。莫蓙の上に並べて置いた店の品が、まるっと消えてたんだよ」

「えっ……」

縋《すが》る目をして娘に告げてくる父親を、於しなは呆然とした表情で見上げている。じっと見続けられて、太吉はその内、実に困ったという顔つきで照れ笑いを浮かべた。

「於しな、どうしようか」

於しなが、泣きそうな顔になった。

4

神田川にかかる和泉橋《いずみばし》の近く、柳原の土手に、於しなと、それに長崎屋の二人が足を運んでいた。

富沢町で盗んだ古着を、まさか同じ町の古着屋には売るまい。同じく、古着屋が並んでいる柳原に売りに行ったかもしれぬと、とにかくやって来たのだ。

「商いの元を失ってしまったら、明日からおまんまの食い上げです。お願い、命の恩人と思ってくれてるんなら、品物を取り戻すのに力を貸して下さいな」

父親が頼りにならぬと踏んだのか、於しなは仁吉と屏風のぞきに頭を下げたのだ。ここで一切合切を失ったら、本当に米も買えなくなるかも知れず、於しなは必死の表情を浮かべていた。

ところが父親ときたら、突然娘と共に現れた男達を一体何と思ったのか、興味津々、二人がどう返答するのか見つめていたのだ。

「……あんたのおとっつぁんは、力一杯頼りねえな。や、仕方ない」

於しなは大恩人、ここは手を貸すしかなかろうと言い、屛風のぞきは道ばたで芝居がかった風に、格好を付けて頷いた。すると、それを見た仁吉が、うんざりした表情を浮かべて腕を組み、ならば己も同道するしかないだろうと口にする。

「屛風の……いや、屛風を放っておくと、何をするか知れたものではないからな。あげく、若だんなへ迷惑が及んだら一大事だ」

「なんだとう、俺がそんな間抜けを、するっていうのか！」

「今日は、既にやった。堀川へ落ちただろうが！」

屛風のぞきが顔を赤くし、仁吉と睨み合う。於しなは横で、ありがとうと言って頭を下げると、父親の方を向き、腰が悪い故、店の周り、富沢町近辺で着物を捜してくれるよう頼んだ。それから自分達は神田川の南岸、古着屋が集まる、柳原土手へ向かうと決めたのだ。

「於しな、頑張って捜しておくれな」

太吉は優しい言葉で娘を送り出したが、己がしでかした事の始末なのに、どこか他《ひ》人事《とごと》であった。三人で北へ向かいながら、屛風のぞきがその事をぶつぶつこぼすと、於しなが、父親はあれで算盤《そろばん》は得意だし、愛想も良いのだと微笑《ほほえ》む。

「おとっつぁん、ちっさくても店の跡取りに生まれてたら、大した失敗もせず、そこそこやっていけたんじゃないかと思います」

　でも太吉は、そんな結構な生まれではない。そして一から成り上がるには、どう考えても強さが足りなかった。

「だから、あたしが何とかしなきゃ」

「寒そうだが、大丈夫かい？　着物を盗られたんで、着替える事も出来なかったが」

　屏風のぞきが声を掛けると、自分は丈夫だから心配ないと、於しなは気丈に頷く。横で仁吉が、ちらりと振り返った。

「しかし太吉さんを見ていると、うちの若だんなが、とても強いように思えてくるよ」

「仁吉さん、長崎屋の若だんなは病気がちだって聞くけど、こういうときどうするの？」

「大勢を動かすだろうな。自分であれこれしたいでしょうけど、それをやったら途中で倒れる事も、ちゃんと承知なさってる」

　多分妖《あやかし》達へ丁寧に頼み、あっという間に着物の行方を摑《つか》むだろう。しかしそんな話を今、於しなへするわけにはいかなかった。

「おや、今日の柳原は、人出が多いね」

しばし歩いた後、屏風のぞきが、川沿いの土手へ目を向ける。

土手にはいつになく、若い娘とその親の姿が多かった。

「おや、於しなちゃんの考えは、当たってるみたいだな。今は娘向きの綺麗な着物が、売れてるみたいじゃないか」

「ああ、儲《もう》かりそうな時に、うちに着物がないなんて。悔しいったらありゃしない」

於しなは結構おきゃんな娘らしく、ちょいと頬を膨らませると、盗られた着物が見つからないか、辺りへ目を配っている。するとそこへ、一際《ひときわ》大きな客引きの声が、風に乗って聞こえてきた。

「さあ、仕入れたばかりの着物はいかがかな。上方屋《かみがたや》の品は雛小町《ひなこまち》が着るのにふさわしい、そりゃ綺麗なものばかりだよ」

声の主は三十路《みそじ》程に見える男で、床店も持たないようだが、揃えている着物の数は多かった。竹竿《たけざお》を道ばたで組み、そこに着物を沢山掛けて、客に見せている。思い切って、若い娘向きの品ばかりを扱っており、客の数も多い。買い取りもしているようで、上方屋は、二人の男に店を手伝わせていた。

「うちは、着物を買ってくれれば、身丈《みたけ》や袖丈をただで直しますよ。借り着みたいにならず、お雛様にふさわしい娘さんになること、請け合いだ」

その言葉が聞こえると、更に多くの客が、竹竿に掛かった着物を見に行く。一人の客が着物を選ぶと、上方屋はまず金子を受け取った。それから横に敷いてあった莫蓙の上で、素早くその着物の丈を確認する。ちょいと袖が長いと見ると、あっという間に直しの丈を計り、横にいた父親へ数日後に渡すと約束していた。仁吉が感心して、腕を組む。

「おや、こいつは新しいやり方だ。確かに雛小町に選ばれたいおなごなら、丈が合わないのは、気になるかもな」

皆、精一杯、己を綺麗に見せたい時なのだ。直ぐにあちこち直してくれるならば、他所《よそ》より、上方屋を選ぶに違いなく、店は一際、流行っている様子であった。ちょいと隣で聞いてみると、雛番付の噂が出てからもう三日、大した数の客を摑んでいるという。

ところがその時、竹竿に掛かった着物を見て於しながが声を上げた。

「あった。うちの品だ」

直ぐに側《そば》へ行って問うと、どうやら最初にかっぱらわれたという一番良い着物が、見つかったらしい。

「ああ、良かった。助かった」

ほっとした声を出し、於しなが着物へ手を掛ける。するとそこへ、上方屋がさっと寄ってきた。

「いい品物です。お似合いだ。まけておきますよ」

「あのね上方屋さん、ここに掛かっている着物、ついさっき、うちの古着屋から盗まれた品なんですよ」

だから返して欲しいと、於しなが頼む。上方屋は、急に表情を険しくした。

「あんた、そいつはうちが買った古着だよ。誰だか知らないが、勝手な事を言わないでおくれな」

「でも、本当に……」

「返せというなら、盗人から銭を取り戻して、うちへ払っておくんな。大体、その古着があんたのものだという、証《あかし》でも持ってるのかい」

「だって……ああ、この店には、他にもうちから盗まれた着物が、あるじゃないか」

もしかして、盗品と分かっていて買ったのかと於しなが言ったものだから、上方屋が怒り出した。そして、客でないのなら帰ってくれと、於しなを突っぱねたのだ。

「だって、その着物はうちで一番大事な……あれ、大事な着物がないっ」

於しなが慌《あわ》てて、つい今し方まで着物が掛かっていた所へ目を向けると、綺麗な一枚は既にどこかへ消えていた。上方屋は笑って、客は多い故、もう売れたのだろうと言い放つ。

「帰っとくれ。商いの邪魔だ」

於しなは泣きそうな顔になったが、上方屋の男二人にも睨まれ、手の出しようがない。

「証がなけりゃ、岡っ引きも於しなさんへ、着物を返せとは言わないだろうね」

仁吉がそう言い、すごすごとその場を離れる事になる。於しなはまだ濡《ぬ》れている、己の着物の肩を両の手で包んだ。

「どうしよう。盗まれた品を取り戻せそうもない。おとっつぁんと二人、明日からどうやって食べていけばいいんだろ」

あの太吉という親が頼りにならない事は、言われなくとも分かる。さすがに仁吉も、ここで言葉に詰まった。

するとその時、仁吉の肩に小鬼が一匹、ぴょんと乗ってきた。人には姿の見えない妖、鳴家が「きゅわ」と鳴く。

「おや仁吉さん、ここにいたか」

後ろから声も掛かったので、首を巡らせると、これまた鳴家を二匹ばかり肩に載せた商人風の男が、会釈《えしゃく》をしてくる。仁吉はその姿を見て、一目で化《ば》け狸《だぬき》だと承知した。

「柳森神社から来た、権蔵《ごんぞう》と申しやす。その、長崎屋の若だんなから使いをもらいましたんで、皆であちこち、捜してた所なんですよ」

権蔵によると、仁吉達が出て行ったきり帰ってこない故、若だんなは心配しているらしい。仁吉は眉間《みけん》に皺《しわ》を寄せると、神田川沿いへ来た訳を簡単に話し、用件を終わらせ次第、直ぐに帰る旨《むね》、若だんなに伝えて欲しいと権蔵に頼んだ。

「そいつは構いませんが。しかし、古着屋が災難にあったとはね。これから、どうなさるおつもりなんですか、仁吉さん」

丁度、古着を山と売っている場所にいるのだ。いっそ金子を出して古着を何枚か買い、恩人の於しなへ礼として渡した方が、事が早く済むかもしれない。権蔵にそう言われ、仁吉は腕を組んだ。

「確かに、そうかもな」

「いえ、そんなことはして頂けません」

話を耳にした於しなが、慌てて手を横に振る。

すると、だ。その時於しなを呼ぶ声が、聞こえてきたのだ。首を巡らせると、屛風《びょうぶ》のぞきが少し先から、皆を手招いていた。

「あら屛風さん、いつの間にあんなところへ」

於しなが駆け寄って行くと、屛風のぞきは古着屋の並ぶ土手から、少し離れた所まで、於しなを連れていった。そして、松の木の根元から大きな風呂敷《ふろしき》包みを取り出すと、それを自慢気に広げて見せたのだ。

「あら、さっき売れた筈《はず》の着物！」

於しなが目を見開きつつ、太吉の店一番の着物を、その手に取る。仁吉は片眉《かたまゆ》をくいと引き上げると、沢山の着物が入っている風呂敷を顎《あご》でしゃくった。

「どうやって、こんなに沢山の着物を手に入れたんだい？　そんな金子は、持っちゃいなかったろうに」

「あたしは土手から暫《しばら》くの間、あの上方屋を見てたんだよ。あの店、盗品と承知で品物を仕入れてるみたいだ」

上方屋へは多くの者が、若い娘用の着物を売りに来ていた。おまけにその売り手は、娘自身ではなく親とも思えぬ年頃で、着物に似合わぬ風体の若い男が多かった。

「上方屋はそういう着物を、売り手にゃ何も問わず、随分と安値で買い取ってたんだ。つまりあの店主、盗人の片棒担《かつ》ぎだ。ならば遠慮することはない。取り返したのさ」

屛風のぞきは妖であるから、影の内に入って、身を隠す事が出来る。よってそれを利用し、こっそり着物へ手を伸ばしたのだ。

「戻してもらって、いいんでしょうか。でもこれがあれば、また商売が始められます」

頭を下げる於しなを前にして、屛風のぞきはぐっと胸を張る。すると仁吉《にきち》が、膨らんだ風呂敷へ視線を向け、眉間に皺を寄せた。

「おい屛風。これ全部、太吉さんが盗まれたものだって言うのか？　随分と多いぞ」

「あのなぁ、盗人は盗んだ着物を一遍に、上方屋へ持ち込んだらしくてさ」

だから屛風のぞきには、どれが太吉のものなのか、さっぱり分からなかったのだ。

「で、まとめて取ってきたんだ」

悪びれもせずに言う。仁吉は反省していない妖の、顔の二寸前まで己の顔を近づけ、低い声を出した。

「誤魔化《ごまか》して着物を盗ったのは、屛風、お前さんだ。でもそれを売って捕まったら、責任を取らされるのは於しなさんなんだぞ！」

「ふん、寒いんだ。於しなさんには、着替えが必要じゃないか」

「そういう話を、してるんじゃない！」

二人は言い合いを始め、於しなと化け狸の権蔵が、呆然とした目を向ける。それがなかなか終わらないものだから、立ったままの於しなはくしゃみをし、濡れているのに気づいた権蔵は、着替えを勧めた。

「せっかく着物を沢山取り戻したんだ。我慢して風邪をひく事もあるまいさ」

頷いた於しなが、木の陰で見覚えのある地味な一枚に、そそくさと手を通す。するとその時、一枚の紙が、風呂敷からはらりと落ちたのだ。

「あら、何かしらこれ」

見た事のない書き付けであった。「ぎょわっ」と鳴家が短く声を上げ、権蔵と共にそれを覗《のぞ》き込むと、やっぱり首を傾《かし》げる。

その時であった。土手の古着屋の方で大きな声が上がり、人がどたばたと動いたのだ。大事な品をやられたという叫びが、四人がいる辺りにまで聞こえてくる。声が殺気だっており、皆は顔を見合わせた。

「おお、拙《まず》いですよ。こんな大きな着物の包みを持っていたら、さっきの怖そうな兄さん達に、とっつかまるかもしれない」

そうなったら、言い訳が難しそうだ。権蔵が肩をすくめると、於しなは咄嗟《とっさ》に、父親の店一番の品だけを手に取ると、今まで着ていた濡れたものと共に抱えた。

「なら、他の品はここへ置いてゆきます。あら、凄《すご》く怖い顔をしたお兄さん達が、こっちへやってくるみたい」

於しなの言葉に頷《うなず》いた仁吉は、古着を盗られたからと言って、酷《ひど》い騒ぎようだと顔を顰《しか》める。屏風のぞきは不満げに、着物の山へ目を向けた。

「なんだい、せっかく取り戻したのに」

文句を言う妖の首根っこを、仁吉がさっと摑んで、強引にその場から歩き出す。結局ほとんどの着物を松の木の根元に残したまま、四人と鳴家達は土手を離れた。

5

権蔵が神田川で舟を見つけ、一同は川を隅田川の方へと向かった。途中、於しなが、父親の事が心配だと言うので、仁吉、屏風のぞき共々、両国橋付近で舟を下りる。権蔵と鳴家達は、舟に乗ったまま隅田川へ出て、京橋近くにある長崎屋まで、向かう事になった。

「若だんなが心配していなさる。とにかく一度、お二人の事情を話しに行ってきますよ」

「きゅんげ」

化け狸の言葉に、仁吉と屛風のぞきは頷いたものの、互いに睨《にら》み合っていた。屛風のぞきは己《おのれ》の手柄を、仁吉が台無しにしたという。仁吉は屛風のぞきが、懲《こ》りずにまた無茶をしたと、不機嫌なのだ。

「あのぉ、若だんなが気を揉《も》みますよ。あまり喧嘩《けんか》をしないように」

ゆっくり岸を離れてゆく舟から、権蔵が声を掛けた。途端、岸にいた妖二人が、化け狸へ揃《そろ》って言う。

「喧嘩などしてない！」

「ぎゅぺー」

権蔵が舟の内で、苦笑を浮かべている。

「於しなさん、紙が足下に落ちましたよ。ああ仁吉さん達、早めに帰って下さいね」

屛風のぞきが返事もせず、何だと言って紙に目を向ける。於しなは、先程の風呂敷に入っていたものだと言って、紙を渡した。

描かれていたのは、絵のような、線のようなものであった。小指一本程の巾《はば》の、蛇のようにうねる二本線の上に、その半分にも満たない巾の、短い二本線が一ヶ所交わっている。その短い二本線の下に、十ヶ程の四角が、きちんと並んでいて、一つの四角の隅に、ばってんが一つ書かれていた。

「何だ、こりゃ」

屏風のぞきの手元を覗き込んだ二人は、何の書き付けか分からず、寸《すん》の間《ま》言葉を失う。しかし、そのまま黙っている事も出来ない。於しなは一旦《いったん》太吉の元へ戻り、取り戻した二枚の着物を、商いのため渡したいと言い出した。

「おとっつぁん、何か仕事をしていてくれた方が、安心なんですよね」

「決まった仕事がないと、あのお人、無駄遣いしたり、人に騙《だま》されたりしそうだね」

「仁吉さん、傍目《はため》から見ても分かるんですか。実はその……その通りなんです」

三人で歩きつつ、苦労しているなと仁吉が言うと、於しなは少し頰を赤らめる。

その後、富沢町近くの人通りの多い通りへ来ると、於しなは父親を捜して一人離れる。そのとき、また別の鳴家《やなり》が、屋根の上から降ってきた。

「ぎゅんいーっ」

仁吉の肩に乗ると、通りの話し声に紛れる程の小声で、「きゅわきゅわ」と、若だんなの伝言を語り始める。

「きゅい、仁吉、屏風のぞき、心配したよ」

でも、二人は一緒にいるみたいだから大丈夫だろうと、若だんなは続けた。それから、古着屋上方屋の商売の事とか、風呂敷から出て来た書き付けのことを鳴家から聞いたと、そう語ったのだ。

驚いた事に若だんなは、妙な書き付けのことを、大問題だと思っているようであった。

「二人とも、きゅい、お手柄だよ。書き付けにあった場所がどこか、ちゃんと分かった。日限《ひぎり》の親分を呼ぶことにしたし、佐助もいる。だから、こっちは大丈夫だよ」

そっちも一騒動ありそうだけど、頑張ってと言い、鳴家は報告を終える。屏風のぞきが、思い切り眉尻《まゆじり》を下げ、仁吉を見た。

「その仁吉さん。小鬼は今、何の事を言ったんだい？」

さっぱり分からず、ちょいと不機嫌そうに付喪神《つくもがみ》は問うた。だがしかし。今回ばかりは、仁吉にも事情が分からなかったのだ。

「若だんなは何が手柄なのか、話していたかい？」

鳴家に尋ねてみる。だが小鬼は首を傾げるだけだ。

「若だんなは、一体何を思いついたんだろうかね」

父を捜す於しなの後ろ姿を見つつ、仁吉は息を吐いた。若だんなが、権蔵と鳴家から聞いただろう事といえば、於しな親子のこと、古着屋のこと、そして……多分風呂敷から落ちた、よく分からない書き付けの事であった。

「もしかしてあの書き付け、宝の在処《ありか》を示した、地図だったとか」

屏風のぞきから書き付けを渡してもらい、仁吉がもう一度絵のようなものを覗き込む。しかし、左右に太い二本線が描かれていて、その二本線の上に細くて短い二本線が交わっている図が、変わるわけもない。

僅《わず》かな沈黙の後、二人は顔を顰めた。

「やっぱり、何だか分からねえな」

仁吉が一寸《ちょっと》唇を嚙み、機嫌悪そうに目を半眼にする。

「屏風のぞきが分からないのはともかく、私が若だんなの考えを推測出来ないのは、大いに困った話だ」

「若だんなは、この書き付けが何か、直ぐに分かったのかね？　しかも鳴家から説明されて」

その時屏風のぞきが振り売りの売る花林糖《かりんとう》へ手を伸ばしていた鳴家達を、つまみ上げ、そのまま袂《たもと》の内に放り込む。

「おい、小鬼。若だんなは本当に、さっき聞いたような事を、言ったんだな？」

「屏風のぞき、きゅー、言った」

「若だんなは、他に何か言ってなかったか？　地名とか、人の名とか」

「え、とね。忘れた」

「忘れた？」

重ねて聞くと、どうやら若だんなが話したかなりの伝言を、鳴家は忘れてしまったらしい。仁吉の表情がぐっと怖いものに変わり、一体何が伝わらなかったのかと、真剣に考え始める。

その時であった。

通りに面した店と店の間、本当に狭い露地から、突然於しなの父親、太吉が飛び出して来たのだ。そして、怖いよぅと言いつつ、大して怯《おび》えてもいない様子で、ひょいひょいと通りを逃げてゆく。

「お、おとっつぁんっ、どうしたの？」

於しなが慌てて、父親の方へ走っていったが、当人は直ぐに、これまた細い小道へ吸い込まれるように入り込み、大通りから姿を消してしまう。

するとそこへ、つい先程、柳原の土手で見た顔が二つ、太吉を追いかけ現れたのだ。

「あんのぉ野郎！　簡単に店の品を盗られる間抜けのくせして、逃げ足だけは速いときてやがる」

捕まえたら聞きたい事を吐かせ、簀《す》巻《ま》きにして隅田川へ放り込む、などと物騒な事を言ったものだから、於しなが口に手を当て顔色を青くする。

だが屏風のぞきと仁吉は、男どもの言い様を聞き、深く頷いた。

「成る程。聞きたい事を吐かせたら、簀巻きにして、隅田川へ放り込んでもいいんだな」

二人は納得すると、直ぐに怪しい男二人を前後から挟む。仁吉は正攻法で拳《こぶし》を振るい、屏風のぞきは影の内からちょいと手を出し、すばやく二人の男を地面に倒したのだ。そして、盗《と》られた古着の代わりだと、羽織を取り上げてから、ちゃんと簀巻きにし、堀川の縁まで連れて行く。それから、何故《なぜ》太吉を追いかけているのかと、真《ま》っ当《とう》な質問をしたのだ。

すると、男達は川の流れと睨めっこをした後、渋々答えた。

「あの男の娘が、大事なものを盗ったんだ。だから父親の所へ戻ってないか、確かめに来たのさ」

「柳原から、もう富沢町へ来たとは、足の速い事だ。神田川へ出ず、真っ直ぐここまで駆けてきたか」

屏風のぞきが驚く横で、仁吉が表情を険しくした。

「盗んだとは、妙な事を言うじゃないか。私は先に柳原の土手にいたが、一旦盗られた着物は、松の根元でほとんど見つかった筈だ」

於しな達は、着物を持ち去る事が出来なかったのだから。確かに於しなは二枚、取り戻しはしているが、元々が古着の盗品買い。値は安く買い叩《たた》いている筈だから、たかが二枚消えても、盗人の片棒担ぎが騒ぐほどのものとも思えない。仁吉の顔が、海苔《のり》巻《ま》きのように筵《むしろ》に巻かれた男へと迫る。

「不思議だね。一体何を、取り戻そうとしてるんだい？」

「し、知らねえよ。ただ主《あるじ》に、消えた物を全部、取り戻せって言われたんだ！」

「おや、下《した》っ端《ぱ》の役立たずか」

仁吉がそう決めこんだ途端、屏風のぞきが面倒くさいと、人の入った筵巻きを二つ、川へと蹴《け》り込む。二人は、首を絞められたかのような声を上げたが、筵は軽く巻かれていたので、直ぐに解《ほど》けて泳げるようになった。

しかし水練は苦手なのか、二人は川面《かわも》でもがいていた。舟が堀川を通るのに邪魔だと、船頭達に舟へ引き上げられると、男らは金を払って船頭に頼み込み、そのまま川下へと逃げ出したのだ。

「ありゃ、あいつら大分船賃を弾んだようだ。あれなら古着を、二枚くらい買えるな」

横から思わぬ声が聞こえた。そう言いつつ、堀川を覗き込んできたのは、逃げた筈の太吉であった。

「おとっつぁん、無事だったのね」

於しながほっとした顔で駆け寄ると、太吉はこういうときだけ父親顔をして、娘の頭をなぜている。それから眉間に皺を寄せた。

「うちは着物を盗まれた方だ。なのに、盗品買いが怖い顔して来るなんて、変だねえ」

お前さんたち、柳原の土手で何かやったのかと、からかうような表情で太吉が聞いてくる。屏風のぞきが、やりたかったが失敗したと正直に言葉を返すと、太吉は笑い出した。

「あんりゃ、そりゃ思いの外なこと」

ここで於しなが、二枚のみだが取り返せた着物を見せると、太吉はよくやったと娘を優しく褒める。鳴家達がきゅわと声を立てた。

「於しな、凄い。屏風のぞきより、凄い。屏風、役立たず」

断言したものだから、屏風のぞきが怒り、小鬼を追いかける。

「ぎょげーっ」

鳴家達はちょろちょろと逃げ、大分走ったあげく、川岸に置いていた、男達の羽織の下へ逃げ込む。屏風のぞきは羽織ごと小鬼達をつまみ上げ、怖い顔を向けた。

すると。

鳴家達がもがいた時、袖内《そでうち》から紙がひらりと落ち、側の水面《みなも》に浮いたのだ。他の鳴家が何だろうと、岸から身を伸ばし手に取る。

「きゅい、これ、何」

見た途端、顔を顰めると、屏風のぞきは仁吉を呼んだ。そして、鳴家が拾ったその紙を差し出す。

「ひょっとして今し方の男達、そいつを取り返しに来たのかね？」

岸辺で、そこに描かれているものを見て、仁吉は片眉をぐっと上げた。それは、於しなの着物から出て来た妙な書き付けと、そっくりだったのだ。

「太めの二本線の上に、細い二本線が交わってる。下に、幾つもの四角が並んでて、一つの四角の隅に、ばってんが書かれてる」

鳴家が、勇んで言う。

「それ、お菓子の山のありか？　秘密の地図？」

仁吉が笑って、ゆっくりと首を横に振った。そっくりな二枚の書き付けは、簡単に写せそうな代物《しろもの》だ。

「他にも何人かが、この写しを持っているんじゃないか。そんな秘密の地図があるものか」

しかし。

「それでもあの男達が、取り戻しにきたのは、着物じゃなくて、この書き付けだという気がするな」

男らは、あっさり船賃を弾んでいた。金に困っている様子はないのだ。

「若だんなはこの書き付けから、何を読み取ったんだろう」

仁吉がその書き付けを、もう一度じっくり見ていると、暇になった鳴家が、ふざけて手を出してくる。若だんなが一緒にいないので、妖達はお菓子をもらって、気を紛らわせることが出来ないのだ。

「こら、止《や》めないか」

仁吉が叱《しか》ると、驚いた鳴家が落ちそうになり、紙の端に捕まる。書き付けが左に傾き……仁吉は一寸、目を見張った。

「あ……もしかして、見る向きが違ってたのか！」

「おや、どうかしたのかい？」

屏風のぞきが、慌てて書き付けを覗き込む。

「きゅんわ？」

紙が、付喪神に化けたのかと、鳴家も書き付けへ目を向ける。だが仁吉の手の中には、相変わらず、ただの書き付けしかなかったので、妖らは首を傾げた。ただ、紙の向きが変わったので、太い二本線は左右ではなく、上下に描かれているように見える。小鬼など見えない於《お》しながら近くから、仁吉達の様子を、ちょいと不思議そうに見ていた。

6

水面に綿を散らしたような色合いの空の下、今日江戸の辻《つじ》では、よみうりがよく売れていた。何故なら、平賀屋《ひらがや》の雛小町《ひなこまち》を決める為《ため》の、東番付の選者に、廻船問屋《かいせんどんや》兼薬《やく》種《しゅ》問屋、長崎屋の主藤兵衛《とうべえ》が選ばれたと、往来で声を張り上げていたからだ。

よって親達は、着るものや櫛《くし》、簪《かんざし》に気を配った娘を連れ、平賀屋や藤兵衛に、己の噂《うわさ》が届いて欲しいとばかり、寺へ参詣《さんけい》になど出かけた。男どもは眼福《がんぷく》だと喜び、町は賑《にぎ》わう。

おかげで益々《ますます》繁盛した古着屋上方屋は、夕刻、寸法直しを引き受けた山のような着物を抱え、柳原の土手を出た。

舟で一旦神田川を東へと行くと、隅田川へと出る。そしてそのまま広い川を東へ突っ切り、両国橋の東にある盛り場へと舟を着けた。すると、暗くなり人気も消えた岸に男達が現れ、古着の山を引き上げる。荷を荷車に積むと、上方屋達は川沿いから少し離れ、一軒の葦簀《よしず》張りの小屋に入った。

「おお、今日も随分と、売れたな」

顔をほころばせたのは上方屋で、八人ばかりの仲間と荷を改め、手早く帳面を確める。すると横にいた男が、まだ着物の直しが出来ないのかと、今日数人の親が店へ来たと、上方屋へ報告した。

「まあ、言い訳はしておきました。ご覧の通り、注文が多い。ただでやっている事故《ゆえ》、なかなか仕事が追いつかないが、急いでおりますと。申し訳ないと、頭も下げときました」

「上出来。しかしそうなると、もう余り長くは、商売を続けられないな」

「東の雛小町番付は、これから出るのだし、更にもう一枚、西の雛小町番付が出る事も、決まっている。本音を言えば、もう少し稼ぎたかった。

「しかしなぁ、欲を出して長《なが》っ尻《ちり》をすると、剣呑《けんのん》な事になりそうだからな」

もう随分と儲《もう》けたし、これからも一儲け出来そうであった。危うくなるまで、江戸に居続ける必要はないのだ。上方屋がそう話すと、部屋内の男達から一斉に笑いが漏れる。

「ぎゅげ？」

葦簀張りの天井がぎしぎしと軋《きし》んだので、男達の何人かが、上へ目を向けた。だが家が軋むなど毎日の事とて、直《す》ぐに気にも止めなくなる。皆、あれこれ話しつつ、帳面を付けたり、着物の整理を始めた。

帳面には、着物の柄を描いた絵の横に、売った回数と値が書き込まれている。上方屋が口の両端を引き上げ、笑った。

「同じ着物を、丈を直すと言って金だけもらい、また売る。こりゃ、本当に儲かるわ」

すると手下達から、そんな手口を考えついた頭《かしら》は凄いと、追従《ついしょう》の声が上がる。上方屋は、実は生まれは江戸であった。しかし、以前江戸で行った悪事が露見し、一旦上方へ逃げたのだ。その後、ほとぼりもさめたろうと、東海道を下りつつ、盗んだ着物を元手に、盗みと商いを繰り返していた。仕立て直しをすると言って金を先に受け取り、姿をくらます。そういう手口を、得意としていたのだ。

そして江戸に入った後、雛小町の件で、一気に買い手が増えたものだから、上方屋の儲けは、盗人《ぬすっと》達当人も驚く程増えていた。

唯一《ゆいいつ》、柳原土手で、直さずに古着を持って帰った客とは、真っ当な商売をしたことになる。だが売った着物は元々盗んだ物か、盗品買いの品であった。

「押し込み強盗や盗みを働いたって、危ないばかりで、こうも儲かりゃしねえ。ああ、おれは凄い。大物だねえ」

帳面に記される金額が、余程大きかったとみえ、上方屋は酔っぱらったような言葉を、口にする。ここで手下達が上方屋へ、酒を呑《の》むような仕草を見せると、頭は直ぐ鷹揚《おうよう》に頷き、懐《ふところ》から金子《きんす》を取りだしたから、皆上機嫌で頭を持ち上げ続けた。

「ただし、だ。先に金と着物を、荷にしてしまいな。明日、木戸が開いたら直ぐ、江戸から出る」

大きく儲けた故、一旦上方へ帰り、あちらで着物を売ると言うと、皆が頷く。手早く行李《こうり》へ着物が入れられ、荷が作られていった。

そこでまた、天井がぎしりと軋んだ。手下の一人が、上方屋へ問う。

「荷が多いんで、明日は舟で品川辺りまで行った方が、楽だと思いますが」

急な話なので、いきなり上方までの船は手配出来ないが、近場ならば何とかなる。上方屋が頷き、皆が後で呑む酒を楽しみに、手早く動いた。先に荷を運び出しておこうと、小屋の表を開ける。

すると。いきなり、思いもかけない言葉が、降ってきた。

「やい、上方屋。お調べだ」

暗い表から上方屋へ向け、いきなり十手《じって》が突きつけられているのが分かる。

「な、何があったんで？」

部屋内からの返答は、真っ当なものだったが、行いは違った。手下達が直ぐに、部屋にあった明かりを全《すべ》て、吹き消したのだ。

「おっ、何しやがるっ」

大いに慌てた声を出したのは、地元に縄張りを持つ岡っ引きと、何と、長崎屋から知らせを受けた、日限の親分であった。慌てて提灯《ちょうちん》を小屋内へ突き出すと、岡っ引きの頼りの明かりを、手下の一人が叩き落とす。残った提灯を頼りに、強引に進めば、体当たりを喰らい、一気に中は闇《やみ》と化した。それに乗じて盗人達は、勝手知ったる場所を逃げようとする。

ところが。

「えっ、なんだ？」

何故だか、今し方まで開いた戸が、開かないのだ。それどころか、葦簀張りの天井や柱が急に、ぎしぎしと軋む。くすくすと、笑うような小声まで聞こえてくる。行李など、誰かに押さえつけられでもしたかのように、床から持ち上がらなかった。

(若だんなぁ、これでいいですか？)

そんな声が、足の下から聞こえた気がして、暗い中、男達は総毛立った。

「着物は持つな。金だけ運べっ」

上方屋が素早く指示を出すが、その金箱が、これまた、石と化したかのように重い。

「ふはは」

この時、押さえきれぬような笑いが、上方屋の耳元でした。ぞっとした途端、今度は足が突然重くなって、持ち上がらなくなった。暗闇の中で、誰かが顔をさわってきた。ただし、考えられぬ程小さな手であった。

「ひ、ひゃっ……」

声が震え、その震えが部屋内に伝わったのか、誰かが土間の方へ、ひっくり返る音がする。上方屋は三つ数えたあと、手近にあった金子をひっ掴《つか》むと、死にものぐるいで横の葦簀へ突っ込んで、外へと逃れた。

「あ、明かりです」

抜け出た小屋の内から新たな声が聞こえ、振り返ると、筵の隙間《すきま》から、着流し姿が目の端に入る。手下達は見事にほとんど、部屋の中でひっくり返っていた。咄嗟に、上方屋についてきたのは、ただ一人だけであった。

「ちっ、八丁堀に踏み込まれるとは」

明かりが漏れている背後の小屋内から、必死に遠ざかる。あれでは、もう荷は取り出せないだろう。金子も残してきたものは、手が出せない。あれほど上手《うま》く行っていたことが、ほんの一寸の内に、消えてしまった。

「どうしてこんなことになった」

同心に捕まっても、直ぐに要らぬ事を言う手下は、いないだろう。外はまだ暗い。どちらへ何人向かったか分からぬ内は、追われる事などなかろうと踏み、上方屋は両国橋河畔へ荷を運んできた舟へと向かう。

川へ出てしまえば、まず大丈夫な筈であった。少しだけ落ち着くと、上方屋の口から言葉がこぼれ出てくる。

「無理はしなかったのに、どこから話が漏れたんだ。どうして岡っ引きにこの家が知れた？」

口調には、捕まるかも知れぬという恐怖よりも、うまい話が一気に吹っ飛んだ事への、怒りが含まれていた。あと半日、早くに江戸を立てば、今頃大枚《たいまい》と共に、上方へ向かっていたところだったのだ。横を歩む手下が、後ろを気にしつつ言う。

「やっぱり、柳原の土手に来ていたあの古着屋の娘が、皆に持たせた、ここの地図に気がついたんでしょうか。親父《おやじ》は何も知らねえと、言い張ってたそうですが」

この隠れ家が見つかるとしたら、あの書き付けしか思いつかない。上方屋は川端へ着くと、舟が変わらずあるのを見て、まずほっと一つ息をつく。すると、於しなへの怒りが湧《わ》いてきて、止まらない。

「ひっ捕まえて、岡場所へ売り飛ばしておきゃあ良かったんだ」

悪態をついたその時であった。

もやってあった舟が、突然動きだしたのだ。乗り移ろうとしていた二人は、大きな音を立てて、川へ落ちてしまった。

「ぶっ、ふへっ」「ひいっ」

慌てて船着き場へ上がろうとし、重い金を先に、杭《くい》の横へと置く。それから、水から上がろうとして、杭へ手を掛けた時、手の横に足が突き出されてきたのだ。

水の内から見上げると、暗い中、どこかで見た顔が二つこちらを見下ろしている。

二人はにっと笑うと、片方が黙ったまままいきなり、金子を川へ蹴飛ばした。

「わああっ、金っ」

逃げるにも、この先やり直すにも、とにかく金子がないと始まらない。水から上がるのも忘れ、岸辺に落ちたのを、上方屋は必死に拾おうとした。だが暗い上に水に阻《はば》まれ、なかなか取り戻せない。

「畜生、何しやがるっ」

岡っ引きに踏み込まれたのも、水に落ちたのも、金を失ったのも、あの古着屋の女のせいだ。何もかも全部、あの女がいけない。目の前の男達の事も忘れ、上方屋は煮える思いと共に、金を集める手を止めなかった。

「金だけが頼りじゃないか。これがなかったら、おれはやっていけねえ……」

命まで落としてしまいそうな、そんな考えに、包まれていた。

「畜生、直ぐに思い知らせてやるっ」

水を撥《は》ねる、泥をかき回す。じきに冷たくなって、己の足の先がどこか、感じなくなってきて、岸近くに立ちすくんだ。そして。

ふと気がついた時、上方屋は一人で、水の内にいたのだ。

「おい、どこだ?」

一緒に逃げた筈の手下を呼んだが、返答がない。先程金を蹴った二人の男すら、杭の辺りに姿がなかった。

「おい……」

しかし、顔の片方が明るいのを感じ、ゆっくりと頭を巡らせる。すると、岡っ引きや同心、いや捕まった手下達までもが、夜の中、上方屋を岸から見下ろしていた。

7

「きゅい、鳴家大活躍。偉い、凄い、花林糖」

「いやあ、おれは大したものだった。良い男なところを、見せちまったなぁ」

「屏風のぞき、お前さんは何かしたっけ?」

古着屋に化けた盗人が捕まる、少し前の刻限、長崎屋の離れでは、珍しくも若だんながが夜更《よふ》かしをしていた。とにかく盗人が捕まらなくては落ち着かず、眠れなかったのだ。

すると佐助が、若だんなが泥棒の根城と読み解いた先へ妖《あやかし》達をやり、日限の親分を、手伝わせる事に決めた。後で礼金がもらえるよう、於しなから聞いた話だと言って、親分へ事情を伝えた。親分達はこれから、捕り物に向かうのだ。

「でもあの親分に捕り物を任せといたら、何人か、逃がしちまうかもしれませんからね」

若だんなが気にして寝損なったら、一大事というわけだ。

鳴家が見て来た書き付けの絵は、川と、それに架かる橋ではないかと、若だんなは推測をつけた。神田川沿いの柳原に出ている、古着屋が関わっているのだ。そうであれば、描いてある川は、神田川が流れ込む隅田川。橋は両国橋だろうと思われた。

「ならば四角は、両国橋の盛り場に立ち並ぶ、葦簀張りの小屋の、一まとまりじゃないかな」

見せ物や茶屋などの、盛り場の小屋は、道沿いに整然と並んでいるのだ。若だんなは随分前に、寺へ参詣にゆくついでに、少しだけ見せ物を目にした事があった。

「佐助、また両国へ行きたいよ」

「若だんな、今は日限の親分をお助けすることが、先ですよ」

若だんなは頷き、小屋内には沢山の古着と金子があるはずだと、妖達に告げる。それを持ち出させないように、妖らが止めていれば、焦《あせ》った盗人達を捕まえることくらい、親分にも楽に出来るだろうというのだ。

「出来ますかね？」

「佐助、そこまで親分を見くびっちゃいけないよ」

「きゅい、ほんとに、大丈夫？」

「大丈夫だよ……多分きっと。あのね、今回盗人達は、大金を稼いでいる筈なんだ」

若だんなが考えるに、盗人らは、新しい手を使ったようなのだ。鳴家によると彼らは、古着を買った客らに、金子をもらってから、丈の直しを持ちかけるのだ。

いつもであれば、金子を払った古着を、店に置いていくことなど、客達はやらないと思う。しかし今回古着屋は、雛小町目当ての若い娘達に、客を絞り込んでいた。皆、少しでも見目良く見える着物を求め、直しを依頼したのだろうと思われた。

「何故って、縁談や出世が掛かっているから。今は誰もが、一所懸命だ」

それにつけ込んだ古着屋は、金を手に入れた上で、また同じ着物を売り儲けているのではないか。多分間違いなく、悪さをしていると思うのは、雛小町の噂が出て何日も経《た》つのに、上方屋に沢山の小町にふさわしい着物が、溢《あふ》れていると聞いたからだ。

「安くて綺麗《きれい》で、若い娘に向いた着物なんて、雛小町の噂で持ちきりの今なら尚更《なおさら》、直ぐに売りきれると思うのに」

つまり、いつも豊富にある美しい古着の裏には、からくりがあると、若だんなは考えたのだ。

「となると、その古着屋達を、何とかしなくては」

何しろ屛風のぞきの恩人於しながが、その者達の為に困っている。そして若だんなは、助けて欲しいと書かれた木札を目にして以来、ずっと、色々な者を手助けして来たのだ。

「お願いだよ。皆、また手を貸しておくれだね？」

妖に手間を掛けた時には、若だんなはいつも、酒も菓子もおごってくれる。今夜は遅くて酒宴は無理なので、その内梅でも見に行こうと言うと、妖達は張り切って、盗人達を脅かす事に決めたのだ。

「きゅい、若だんな、脅かせって言ったっけ」

鳴家が一応、野寺坊《のでらぼう》と鈴彦姫《すずひこひめ》に聞くと、二人は確信はない様子であった。しかし。

「知らんが、まあ、いいじゃないか」

「面白そうですよね」

それで、妖達は両国の小屋で一時《いっとき》、大いに楽しんだ。その上、仁吉と屛風のぞきも両国橋東岸へ駆けつけ、持ち去られそうになった金子を、川へと蹴り飛ばしたらしい。盗人は無事捕まって、妖達から知らせを聞いた若だんなが、ゆっくり寝たものだから、佐助も満足した。翌日には、於しなも古着組合から礼金をもらえた。その金で、小さな床店《とこみせ》を開く事になり、屛風のぞきはとても喜んだ。

しかし数日後、昼餉《ひるげ》の席で兄《にい》や達は、ちょいと眉尻を下げていた。

「日限の親分が、大層名を上げたらしいですよ。でもどこで、何の役に立ったって言うんでしょうね」

「佐助、親分はいつも、面白い話をしてくれるじゃないか」

玉子焼きを食べつつ、若だんなが親分を庇《かば》った。しかし、昼餉のご相伴に集まっていた妖達は、話と手柄は違うんじゃないかと、そう言うのだ。栄吉の饅頭《まんじゅう》と、鈴木越後の名代の羊羹《ようかん》くらい、はっきりと違うらしい。

「そういえばおとっつぁん、小町の番付を、いつ決めるのかしらね」

屛風のぞきと仁吉が、揃って於しなという娘さんが綺麗だと言っていたので、番付に入ればいいのにと思う。もっとも父が、美人を判断する拠《よ》り所は、若だんなにはようく分かっていた。

「おっかさんに似ているかどうか、だと思う。そういうやり方で、いいのかしらん」

世の中には色々な美しさが、あるように思うのだ。しかし、仁吉が軽く頷いた。

「勿論《もちろん》、母御のおぎん様に似ておいでの、おたえ様は、一にお綺麗なお方ですよ」

若だんなは、そんなものかと首を傾げてから、頷いて、にこりとした。

これから、綺麗な人の名が皆に伝わって、明るい話題が増えるだろう。ともかく今回は、仁吉と屛風のぞきが、仲よくやっていたようだから、それが一番嬉《うれ》しいと口にした。

だが。その言葉を聞いた仁吉と屛風のぞきが、不思議な程同時に、同じ言葉を返してくる。

「若だんな、それは違いますから」

若だんなは、楽しそうに笑い出した。

さくらがり

1

「何だか今年の春は、お花見をしなきゃ、いけないような気がするんだ」

江戸は通町《とおりちょう》にある廻船問屋《かいせんどんや》兼薬種《やくしゅ》問屋、長崎屋《ながさきや》の離れで、ひなたぼっこをしていた若だんなが、急にそんなことを言い出した。日差しは日々春めいてきて、空が、真冬よりもぐっと明るい色になっている。

「お弁当を沢山作って、お酒やお菓子も一杯抱えて。皆で花を見に行きたいなあ」

すると。いつもであれば、遠出をすると若だんなが疲れるとか、寝込むとか、下手をするとあの世に行きかねないとか、酷《ひど》く心配する兄《にい》や達が、「いいですね」と簡単に首を縦に振った。最近食の細い若だんなが、お弁当をたっぷり用意しようと言ったのが、気に入ったらしい。

途端《とたん》、長崎屋の離れに声が響く。

「あ、あたしも行くからね」

「きゅんいーっ、玉子焼き、蒲鉾《かまぼこ》、稲荷寿司《いなりずし》」

「酒は、一樽《たる》、いや二樽は欲しいな」

「前回みたいに、桜餅《さくらもち》、団子、家主貞良《カステラ》」

「あれ、去年も行ったっけ？」

「去年、行ってない。きゅい、遠いお花見、初めて」

若だんなが、笑いつつ縁側《えんがわ》から振り返ると、部屋内には数多《あまた》の妖《あやかし》達が、湧《わ》いて出ていた。先代の妻おぎんは大妖《たいよう》であったから、長崎屋は妖と縁が深いのだ。

もっともお江戸の妖達が皆、酒好きで菓子好きで、玉子焼きも好きかというと、そういう話は耳にしない。ただ長崎屋の妖達は、飲むのも食べるのも大好きなのだ。

「だってさ、若だんなは近在に轟《とどろ》く程、体が弱いからねえ。それが理由だ」

菓子好きの訳を、屏風《びょうぶ》のぞきはそんな風に言う。

「兄やさん達が心配して、離れにあれこれ食べるものを持ち込んできますから」

いつの間にか来ていた、鈴彦姫《すずひこひめ》が続ける。

「きゅい、目の前に山とご馳走《ちそう》が積まれる。でも若だんな、さっぱり食べられない」

これは、いつものことであった。となると、古い食べ物など離れに置いておけないから、立派な妖達は、それを食べなくてはならない。つまり、だから、そんな訳で、妖の面々はすっかり、色々な味を覚えてしまったのだ。

よって今日もお腹《なか》が減っており、花見の話は大歓迎であった。

「きゅわわっ。お花見、飛鳥山《あすかやま》へ行くの？」

「鳴家《やなり》、何で飛鳥山なんだ？　随分と遠いぞ」

「きゅい、何でだろ」

佐助《さすけ》に問われた鳴家が、首を傾《かし》げている。しかし、王子《おうじ》ではさすがに遠いと仁吉《にきち》が言ったので、若だんなが慌《あわ》てて他の場所を口にした。迷っていると、最後には近くの川岸の桜で、花見を終える事になりかねない。

「じゃあ、上野の広徳寺《こうとくじ》はどうかな。あそこならお頼みすれば、泊まることも出来るだろうし」

「ああ広徳寺には、参詣者《さんけいしゃ》などが宿泊する宿院《しゅくいん》が、十数院もあると言いますからね」

兄やが頷《うなず》く。広徳寺は多くの大名、旗本が檀家《だんか》となっている大寺院であった。それ故《ゆえ》寺は広く、境内も美しく整えられている。檀家には、普段気軽に遠出も出来ない方が多いので、参詣のおりくらいは春を楽しんで頂こうと、実は桜も見事だという話だ。

「おまけにあの寺には、寛朝様《かんちょう》がおられますし」

広徳寺の寛朝は、妖退治で知られる高僧であった。つまり妖を見る事が出来る故、長崎屋の面々とも馴染《なじ》みであり、若だんながひ弱な事もちゃんと心得ている。寄進《きしん》する小判の枚数次第で、見事に気を配ってくれるのだ。

「では、花見は広徳寺へ行く事に決めましょう。花の季節となって、宿院が一杯にならぬ内に、話を通しておきます」

仁吉が寛朝へ一筆書いている内に、庭の稲荷に巣くっている守狐《もりぎつね》達が、王子の稲荷へ知らせを送る。王子には狐達が数多いる故、その仲間に頼み、暖かい料理と酒の手配をして貰《もら》う為《ため》だ。

珍しくも佐助が、「玉子焼き、玉子焼き」と鳴家達が言い出す前から、料理屋の玉子焼きをそれはたっぷり、狐に頼んだので、若だんなが首を傾げる。すると兄やは、仕事の一環だと訳を教えてくれた。

「花の盛りであれば、大名や旗本方が大勢、広徳寺へ参詣にみえます。同宿となれば藩の江戸留守居役方《るすいやく》に、長崎屋の若だんなの名代として、ご挨拶《あいさつ》をしておかねば」

玉子焼きであれば、酒のつまみにもお菜にもなる。花見にはもってこいの一品であった。

「成る程ぉ」

返事をしたのは妖達だ。すると佐助が、広徳寺は馴染みの場所だが、今回は花見時故、振る舞いに気を付けるようにと念を押す。頷いた妖達は、目立たぬ着物を用意し、目かつらを選び、土蔵から弁当箱を運び出してきた。

「初めての花見なのに、何だか皆、手慣れているね」

「きゅんい？　若だんな、そう？」

そして、日の光が一層柔らかくなると、わくわくする日がやって来た。桜がほころび始めたのだ。

「うまいこと晴れましたね」

花見の朝、明け方頃から舟と駕籠《かご》を乗り継ぎ、広徳寺へ皆で向かう。思いの外早くに上野へ着くと、驚いた事に寛朝のただ一人の弟子にて、妖を見る事の出来る秋英《しゅうえい》が、門前で待っていた。

「広徳寺の鳴家達が、そろそろおいでになると言っておりましたので、お迎えに来ました」

寺の鳴家達は、寛朝から金平糖《こんぺいとう》を貰う為か、こうして時々役に立っているとのことであった。それはいいが、気がつけば寺の小鬼らも、すっかり甘味好きになってしまったらしい。

「おかげで、若だんながお預けになった茶筒《ちゃづつ》の菓子は、空っぽです」

秋英が謝ると、今日もたんと甘味を持って来た故、大丈夫と若だんなは笑った。秋英は長崎屋の面々を、広い境内《けいだい》の一隅《いちぐう》、寛朝が堂宇《どうう》の長となっている直歳寮《しっすいりょう》へ案内した。

妖らが大勢いる故、宿院でない方がよろしかろうと、寛朝が言ったらしい。大名家と隣り合わせで泊まるのも、気が張るだろうからとの言葉に、若だんなは頭を下げる。要するに、妖らが少しばかり妖《あや》しく騒いでも、困らぬ配慮をしてくれたのだ。

「寛朝様は今、大枚《たいまい》を寄進して下さるお大名方の間を、飛び回っておいでで。ですから暫《しばら》くは私が、皆さんのお世話を致します」

「若だんなの布団《ふとん》は、分厚いのをよろしく」

仁吉が小判の包みを、秋英へ渡す。若だんなは部屋から、直《す》ぐ目の前の境内に咲く、淡い雪のような花に笑みを向けた。

「ああ、春の夢の中にいるみたいだ」

ふと、春が過ぎるのと共に消えていった、優しい女の子の事を思い出す。「きゅんいー」鳴家達がさっそく庭へ降りて、たまに落ちてくる花びらを追い始めた。

その時だ。妖達の内、人の姿に見えぬ者が、急に影の内へと消えたものだから、若だんなと兄や達、秋英が顔を見合わせる。すると堂宇の端、渡り廊下の方から、足音が近づいてくるのが分かった。

「おや、あれは」

秋英が眉《まゆ》を顰《ひそ》める。広い広い寺の、桜が咲く一隅へ来たのは、見知らぬ客人であった。

2

「急にお邪魔しまして、済みませんな。手前は銘茶《めいちゃ》問屋の文月屋《ふみつきや》と申します。今、雛《ひな》小町《こまち》を選んでいる、人形問屋平賀屋《ひらがや》さんの知り合いでして」

四十そこそこ、押しが強く愛想が良い商人は、直歳寮の縁側に腰を掛けると、そういって頭を下げた。

「花の季節です。今日は文月屋とご縁のあるお大名が、広徳寺へ参拝なさっておいでで」

それ故文月屋は、自慢の茶に名代の菓子を添えて、広徳寺へ挨拶に来たらしい。

「ついでに、他のお大名のお留守居役様方とも、お会いする事が出来ました。嬉《うれ》しい事でございます」

しっかり者の商売人は、笑う。そして。

「その上、長崎屋の若だんなにまでお会い出来るとは、望外《ぼうがい》の幸運ですな。近々長崎屋さんへ伺いたいと、思っておりましたんですよ」

「は？　どうしてでしょう」

問われた途端、文月屋は身をぐぐっと、若だんなの方へ乗り出す。

「あのですねえ、実は噂《うわさ》の雛小町選びには、この文月屋も手を貸しておりまして」

そしていよいよ、『東』に続き、『西』という題の雛小町番付が売り出され、双方の番付で大関に選ばれた娘達の名が、世に知られた。

「後は中からただ一人、雛小町を選ぶのみとなりました。その後五月に、人形を納めますお大名へ、ご挨拶に行くと決まっております」

「あの、雛の節句は過ぎたのに、これから雛人形の手本となる娘さんを、選ぶのですか？」

するといと文月屋は、職人が人形を作るのには手間がかかるから、雛人形を納めるのは来年になると答えた。

「それは平賀屋さんも、端《はな》から承知のことゆえ、よいのですが」

「ああ、やっぱり雛小町選びというのは、表向きの話。実際はどこぞのお大名の、ご側室選びなんですか」

佐助が正面からずばりと言ったが、文月屋はにこにこと笑うばかりだ。

だが、しかし。

「ここにきて、雛小町選びに問題が起きましてな」

最後の選者は決まっていたのだが、その知り合いが雛番付の大関に残り、贔屓《ひいき》だと揉《も》めたらしい。それ故、新しい選者を決める必要が出て来たという。

ここで文月屋が、揉み手をした。

「それで若だんな。是非、その選者を引き受けて下さいませんか」

若だんなはぐっと身を引く。しかし文月屋は引かないものだから、佐助が不機嫌になった。

「旦那様が、東番付の選者になっています。また長崎屋の者が選者になるのは、拙《まず》いでしょう」

「娘達は雛小町になれずとも、大店《おおだな》の方と知り合いになれたら喜びます。長崎屋の若だんななら、誰からも文句は出ませんから」

なに心配は要らない。大関となったのは、皆、綺麗《きれい》な娘ばかりだと、文月屋は言い出した。雛小町選びに携わっている文月屋へ、その娘達に会いたいとか、仲を取り持ってくれと言ってくる者も、結構いる程なのだ。

「今日も頼まれまして。いささか、かなり、随分困っているくらいで」

「そうですか。でもうちは、そんな意向はないので」

佐助は段々、塩でも撒《ま》きそうな表情になってくるし、文月屋が気に入らないのか、鳴家達はこっそり着物を引っ張っている。若だんなは小鬼を目に付かないように捕まえ、袖内《そでうち》に入れた。すると。

ここで秋英が廊下に現れた。そして、新たな来客があることを告げてきたのだ。

「文月屋さん、そのお客人は、大切なお話があるとかで。申し訳ないのですが、そろそろ」

文月屋が大いに残念そうな顔で、やっと立ち上がってくれた。良かったら、近くの部屋で待ってますという言葉が、秋英と共に遠のくと、若だんながほっと息をつく。するとそこに直ぐ、秋英が口にした、次の客が現れた。

（あれ？　このお人……）

背の高いおなごの客人を見て、若だんなが目を見開く。大妖である祖母のおかげで、若だんなは人で無い者が分かるのだ。言葉に詰まると、禰々子《ねねこ》と名のった相手は、堂宇の外廊下に腰を下ろし、己《おのれ》から河童《かっぱ》だと教えてくれた。

物知りの仁吉が、一つ頷く。

「関東河童を率いる大親分、禰々子殿ですね。本当に珍しいお客様だ」

「いや今日はね、長崎屋の若だんなへ礼を言いに来たのさ。先だって、西の河童の子分が、若だんなに手間をかけた。甲羅の欠片《かけら》を、取り戻して貰ったそうじゃないか」

その子分ときたらほっとした為か、助けて貰ったのに簡単な礼を言ったのみで、家へ帰ってしまったらしい。不義理を恥じた西の地の親分は、東に住まう禰々子に、若だんなへ感謝の品を渡して欲しいと頼んできたのだ。

禰々子は懐《ふところ》から、立派な縫い取りのある巾着《きんちゃく》袋を取り出すと、若だんなの前に置いた。

「西の親分が、若だんなは何を欲しがるか聞いてきた。で、薬が良かろうって言ったんだよ。あんた、体が弱いんだってね？」

利根川《とねがわ》の化身《けしん》、坂東太郎《ばんどうたろう》から話を聞いたと言って、禰々子が笑う。若だんなは、川の化身までが己の病弱を知っていると聞き、思い切り眉尻《まゆじり》を下げた。酷く情けなかったからだ。

しかし仁吉は横で、嬉しげな表情を浮かべ頭を下げる。

「これはかたじけない。河童の秘薬が手に入るとは。若だんなには、一番の贈り物だ」

さて何に効く薬かなと言い、仁吉が早々に巾着を開ける。出て来たのは、薄紙に包まれた、飴玉《あめだま》のような形の、色とりどりの薬であった。禰々子が一つ一つを語る。

「黒いのは惚《ほ》れ薬だ。いもりの黒焼きがたっぷり入ってて、効くんだってよぉ。白いのは、三日ほど眠らずにいられる薬。薬を飲んだらまず三日、寝込むそうだけど。起きていられるのは、その後だ」

赤い薬を飲めば大怪《おおけ》我《が》をしても、一瞬の内に治るのだそうだ。

「もっとも、怪我の痛さは五倍になるってぇから、気を付けなよ。え？　それじゃ若だんなの心の臓が止まるって？　残念、使えないね」

青いのは、どんな相手とでも話せる薬。黄色いのは平安の昔、狐の娘が幸せになる為、飲んだ薬だという。

「人によって、どんな薬効があるか、分からない代物《しろもの》らしい。飲むんなら、人生賭《か》けるしかないね」

「いやその、あのぉ……熱が下がるとか、病人が飲むような薬は、ないんですか？」

「仁吉さんだっけ、そんなものを持ってくる程、この禰々子は無礼じゃないよ。長崎屋は、薬種問屋だっていうじゃないか」

つまり勿論《もちろん》そういう薬は、既に長崎屋で売っている筈《はず》なのだ。

「そう、ですね。済みませんでした」

仁吉がしょんぼりとした顔で謝り、部屋の隅にいた屏風のぞきが大笑したので、佐助が拳固《げんこ》を喰らわす。

その時であった。庭先の桜の下から、突然声が掛かったのだ。何時《いつ》から庭へ来ていたのだろうか。目を向けると三人目の客が、若だんなの前に進み出てきた。

「いきなりの訪問、無礼は詫《わ》びる。だが是非聞きたき事があるのだ。御身方《おんみ》は、薬種屋のご一行なのか？」

そして今手にしているのは、河童の秘薬と漏れ聞こえたと、頭に一片《ひとひら》花びらを載せた男は口にした。そして桜の下から、仁吉が持つ薬へ強い眼差《まなざ》しを向けてきたのだ。

「あの、どちら様で？」

若だんなが問うと、男は一瞬黙った後、右を見て、左へ向き、それからゆっくり口を開いた。

「失礼した。それがしは安居《あんご》と申す。姓は聞かぬように。実はこの庭へなど来ず、勤めをしておらねばならぬ身だ。それ故、名のると拙いのだ」

広徳寺へ大勢参詣に来た客の、家来衆の一人であろうか。堅い物言いながら三十路《みそじ》と見える客は、身なりの悪くない武家であった。聞けば花見の最中、境内他所《たしょ》の花も見てくると言い置き、座を外してきたらしい。

「実はそれがし、今、悩みがあってな」

よって答えを得る為に、一人静かに歩いていたところ、この庭で、思わぬ秘薬の話を耳にしたという。

「天がこの身を助けてくれたのかと、思うた。その薬、ぜひ欲しい」

すると禰々子が眉間《みけん》に皺《しわ》を寄せ、侍相手に気後《きおく》れもなく、きっぱりと言った。

「おや初対面の相手に、いきなりおねだりかい。最近の侍ってぇのは、礼儀ってものを忘れちまったのかね」

持参の薬は、若だんなへの礼の品だと、禰々子は言い切る。

だがここで安居は、迫力のあるその言葉に押された様子もなく、禰々子に向き合った。そして寸《すん》の間《ま》、その顔を見つめていたと思ったら、突然、禰々子はなかなか整った顔をしていると、口にしたのだ。

「きゅわきゅわーっ」

しかし。自分はもう少し優しいおなごが好きだと、付け足しもした。何より、いきなり年上の男に言い返すような事は、すべきではないというのだ。

「ぎょべ？」

「おなごは、芯《しん》が通っている人がよい。無駄遣いが好きでは困る。派手なのは好みではない。そして、優しくなくてはいかん」

おなごにしては声にも姿にも、たおやかさが足りぬと、真面目《まじめ》に禰々子へ言った。安居は花のような人が好みらしい。

「花模様の入った帯など、締めればよいのかもしれんな」

おまけに安居は、生真面目な男らしく、何故《なにゆえ》、どうしてそういうおなごが良いのか、きちんと説明まで始めたのだ。禰々子の目に、物騒《ぶっそう》な光が宿ったのを見た佐助が、急いでその言葉を止めにかかる。

「安居様とやら、話がずれてます。いい加減止《や》めて……」

安居は、寸の間、きょとんとした表情を浮かべた。それから、年上の者が喋《しゃべ》っているというのに、途中で言葉を挟むのは、礼に叶《かな》わぬと、落ち着いて言い出したのだ。

その時、禰々子が庭へ降りる。そして次の瞬間、安居は桜の木の下へ、殴り飛ばされていた。

地面が大きく揺れ、花びらが散ると、鳴家達が歓声をあげる。

「殴られるとは……それがし、御身の不興を買ったのか。それは申し訳なかった」

安居は何とか身を起こし、またまた冷静な言葉を口にする。しかし余程《よほど》応《こた》えたようで、体がふらふらと揺れていた。

「己の好みを語ったのみだが、御身をけなしたように聞こえたかの。済まぬ」

すると、殴られても変わらない男の言いように、禰々子の怒りは一瞬にして解けたのだ。

「おやぁ、この馬鹿《ばか》っ堅いお侍、間抜けな言いようが、地みたいだね」

ならば、ちょいと景気よく殴りすぎたかねと、禰々子が大いに反省をする。安居を見た若だんなが、心配げな表情を浮かべた。

「安居様、目の周りが腫《は》れてきてますよ。それにもの凄《すご》くふらふらして……ああ、まともに歩けないみたいだ」

宿院へ戻ったら、誰にやられたのかと、大騒ぎになりそうであった。いや、このまふらつきが治らなかったら、侍として、日々の勤めにも差し障《さわ》りが出るに違いない。

「ありゃー、人というのは弱っちいねぇ」

禰々子が眉を八の字の形にする。あれしき殴っただけでこんな様子になるとは、考えの他であったらしい。

「仁吉さん、薬屋だろ？　ぺぺっと塗って、ささっと治す薬を持ってないかい？」

「禰々子殿、そんな結構なものがあったら、若だんなは寝込んでおりません」

　ところが。仁吉がそう言った途端、妖達の目が、若だんなの膝《ひざ》にある、巾着袋に注がれた。鳴家が入り込み、中からあれこれ薬を取り出す。

「黒は……惚れ薬だったっけ。赤、青、黄、色々あったけど、何に効くんだったかな」

「怪我を治す薬は、確か赤でしたよ。屏風のぞきさん、ただし痛みは五倍になるとか」

「若だんなじゃ、飲むのは無理だよね？　なら今、このお侍に飲ませてもいいかな？」

「えっ、でも五倍の痛さですよ」

　さてどうしようと、妖達が騒ぎだす。すると廊下から、墨衣姿《すみごろも》が駆け寄ってきたのだ。

「直歳寮が揺れました。どうなさいました」

　若だんなは慌てて秋英に、騒いで申し訳ないと頭を下げる。秋英の後ろには、直歳寮に用があったのか、何人もの侍達がいて、慌てて地面にうつ伏せになった安居の背に、目を向けていた。

（ま、拙いな。安居様は、ここにいると知れたら困るんだっけ）

おまけに、おなごの禰々子に殴られたと分かったら、広徳寺へ来た大名の間で噂になりそうだ。

（まさか禰々子さんは河童ですから、強いんです、なんて言えないし）

どうしたものかと、若だんなが顔を引きつらせる。皆の目が、庭で伏している安居へと向かった。

3

ところが。

その時武家の一団の中から、他所《よそ》の花見の邪魔をするのは拙い。疾《と》くこの場から、去ろうと言い出した者がいた。

「誰かは知らぬが、庭にいるあの御仁《ごじん》……多分酔っておるのだろう」

飲み過ぎて、他の花見の席に迷い込んだあげく、庭で寝込んでしまったのか。それが知れれば、後に家中で問題になりそうであった。

「武士の情けだ。ここは目を瞑《つむ》ろう。我らは何も知らぬ方が良いだろうよ」

そういう話が出ると、小さな笑い声がして、侍達はその場を離れていった。若だんなと兄や達が、大きく息をついた時、庭でゆるゆると安居が起き上がる。

それからふらつきつつ、若だんなの方へ来た安居の目の周りに、痣《あざ》が浮かび上がっていた。安居は苦笑と共に、大層痛いと言った。

「このまま顔を腫らしていると、何ぞあった事が、人に分かってしまうのう」

すると安居は、それは落ち着いた様子で、若だんなへ手を出してきたのだ。

「それがし、このままでは酷く困りもうす。痛みは承知だ。薬を貰えぬだろうか」

これならば、薬の対価になるだろうかと、安居は丸っこい根付《ねつ》けを紙入れから外し、若だんなに差し出した。そして。

「その巾着に入っておる薬は、皆、珍《めずら》かな効用を持つようだ。それが嘘《うそ》偽りなく説明通り効くのか、それがしは知りたくもある」

もし赤い薬で、安居の怪我が一瞬で治れば、薬の効き目に確信が持てる。黒い惚れ薬も本物だと思える。本当に、嘘のように、相手の気持ちを摑《つか》める惚れ薬があるのなら、ぜひ欲しいと、安居はそう口にした。

「おお、確かに。一度薬の効き目を、見てみたいですね」

「でも仁吉、五倍痛いんだよ。体を損ねないかしら」

「いや度胸がいい。お侍、あんた堅いばかりじゃなく、結構肝《きも》が据わってるじゃないか」

　禰々子がその無謀を褒めると、安居はふらつきつつ、もう決めたと若だんなに言う。若だんなはつい止めそうになったが、このままにして、もし安居の具合が悪くなったら、どう治療してよいのか分からない。

「若だんな、安居様は、薬を飲めば良くなりますよ、多分」

「そ、そうだね。きっと一刻後《いっこくご》には、飲んで良かったと話してるよね」

「きゅげー？」

　影の内に隠れた妖達も、興味津々《しんしん》、安居の様子を見つめている様子だ。若だんなが薬玉を渡すと、五倍の痛みと聞いていたのに、安居は縁側であっさりと飲み込んだ。

「さて、どうなる？」

　屏風のぞきの、面白がっているような声が聞こえる。

　その時。

　今度は誰も、安居を殴っていない。にも拘《かか》わらず、安居は一瞬身を反り返らせると、言葉にならない声で喚《わめ》きつつ、桜の木の下まで踊り狂うようにして転がっていった。

鈴彦姫が、濡《ぬ》らした手ぬぐいで、せっせと羽織の泥を落としていた。安居が庭で転がった時、大きく汚してしまったからだ。

「綺麗にするのに、暫くかかりそうです。安居様、お酒でも飲んでいて下さいね」

「おお娘御。せっかくの花見の最中に、手間をかける。済まぬの」

直歳寮の一室では、今日は花見に来たのだからと、妖達と若だんなが、律儀《りちぎ》に宴を始めていた。そして安居も、先程から皆に混じって、楽しく酒を酌《く》み交わしていたのだ。

「それにしても、気を失って、今は夢でも見ているのかの。それともあの赤い薬は、幻を見せるものであったのか」

鳴家の声を聞き、化け狐の尻尾《しっぽ》を見て、何やらいつもと違うと、安居は首を傾げている。

皆、最初は人が居るからと、正体を気づかれぬよう、気を使っていた。しかし酔うと、直ぐに尻尾が出てしまったのだ。

だが安居は、あくまできちんとした、真っ当な事を考える男であるためか、却《かえ》って眼前の怪異を見ても、あわてなかった。現実であるとは、認めなかったからだ。

「まぁま、安居様。堅い事ばかり考えてないで、酒でも飲んで楽しみましょうや。花見なんだから」

化け狐が勧めると、安居は夢の内であれば、昼間から酒を喰らっても構わぬだろうと言い、酒杯を手にする。すると、怪我が綺麗に治ったのは目出度《めでた》いと、仁吉が酒のちろりを差し出した。

「おかげで薬が効くと分かりました。寝ずにいられる薬など、いつか若だんなをお守りする時に、使えるかもしれません」

「確かに効いたな。起き上がった時は、ふらつきはすっかり治っておった。しかし、痛かったぞ。天地が裂けたかと思ったわ」

顔の痣も見事に消えたと聞き、安居は嬉しげに笑っている。だが、花見のご馳走をどうぞと言われ、取り皿を渡された時、安居は寸の間手を止めた。玉子焼きに鯛《たい》の丸揚げ煮、味噌《みそ》漬け豆腐、蜆《しじみ》の和《あ》え物、田楽、大根なますに、稲荷寿司などが並べられたものだから、その豪華さと量に、目を見張ったのだ。

「これはまた、贅沢《ぜいたく》なこと。我が藩では財政が大層苦しく、藩主以下、皆で節約に努めているところだ。こんな宴席は望めぬわ」

商人達はゆとりがあるのだなとつぶやいてから、安居はふっと笑った。

「いや、これは夢だ」

横から更に、暖かい鍋《なべ》や、とりどりの漬け物、煮物、蒲鉾なども現れ、酒が並ぶと、安居は開き直ったように、楽しく飲み食いを始める。狐が笑った。

「良い酒でしょう。王子の狐が、信濃《しなの》の六鬼坊天狗《ろっきぼうてんぐ》様から分けて頂いたものです」

「それは、滅多《めった》に口には出来ぬ一品だな」

褒められた狐は胸を張り、王子の稲荷は素晴らしいのだと語り始めた。関東の狐がこぞって、火を灯《とも》しに来る場所なのだ。

「きゅげ？」すると鳴家達は、どうやら安居は、鯛の身も、鍋物も分けてくれそうだと見極めたらしく、膝に上り始めた。何しろ今日の宴には、広徳寺に巣くう鳴家もやって来たので、若だんなの膝の上は満員で、なかなか座れないのだ。鳴家達は膝の上で一生懸命、両手を伸ばした。

「きょわーっ」

「おお、膝で幾つか声がする。この声の主は、味噌漬け豆腐が好きなのかの。これ、待つのだ。きちんと同じ大きさに、分けねばならぬ」

箸《はし》で賽《さい》の目のように、四角く切った豆腐を安居が渡すと、鳴家はそれを肴《さかな》に安居の酒杯を狙《ねら》いだす。やがて小鬼らが真っ赤になって踊り出した横で、今度は屛風のぞきが安居の横に腰掛け、酒を注ぎつつ問うた。

「あのさぁ、お侍さん。さっき、惚れ薬が欲しいって言ってたよな。さて、どうして要りようなんだい？」

すると早くも酔ったのか、それとも照れたのか、安居の顔が赤くなる。それから侍は、酒杯の方を見つめたまま、小さな声で言った。

「つまりその……ああ、夢の内でなら、話しても構わぬか。それがしには、だな、心底惚れている、おなごがいるのだ」

「おお、色っぽい話だねえ」

堅いばかりと思っていた侍の、思わぬ告白に、妖達は一斉に嬉しげな声を上げた。禰々子まで安居の側《そば》に来て、そのおなごは優しくて、芯が通っており、綺麗なのかと問う。

「きっと男はそういう娘を、恋しく思うんだろうねえ」

「きゅわわわーっ」

安居は勿論、と言いかけ、ふと言葉を切った。それから赤い顔で、ちょいと首を傾げたのだ。

「それがしは、……いや、雪柳《ゆきやなぎ》のことを、そういうおなごだと思っておる。あん？　ああ、その、雪柳という名なのだ」

しかし。ようく考えると、雪柳がたおやかだと言われたのを、安居は聞いた事がない。皆、美しいとは言うものの、他は安居と意見を異にしているのだ。

「雪柳様は、何と言われているのですか？」

「それがのう、若だんな。先日など、雪柳を頑固者と言う無礼者がいたのだ」

「頑固者？　たおやかじゃ、なかったのかい」

禰々子が目を見張り、安居の酒杯に景気よく酒を注ぐ。飲み干した侍は、雪柳は気が強いだとか、勇ましいとか、あれこれ訳の分からぬことを、言われていると言い出した。

「かわいいのだ。絶対そうなのだ。なのに何故、男を褒めるような言葉を、雪柳に言うのやら」

すると部屋内の者達が目を見合わせ、押し殺したような笑い声をたてたものだから、安居が眉尻を下げる。屏風のぞきは口の両端を上げ、安居の背を叩《たた》いた。

「いやぁ、そこまで言えるなんて、見上げたもんだ。惚れちまえば、あばたもえくぼ。禰々子さんでも、手弱女《たおやめ》に見えるってもんさ」

途端、屏風のぞきは禰々子に一発はたかれ、部屋の柱の所まで転がってしまった。鳴家達が何匹か一緒にはね飛ばされたものだから、怒って屏風のぞきに嚙《か》みつく。

「雪柳様、お似合いの方みたいですね」

仁吉が、にこりと笑う。しかし、それを聞いた安居の顔が、曇った。

「それがしは、ずっと雪柳に惚れておる。それは、隠しはせぬ」

しかし、だ。最近安居は、酷い不安に襲われているのだ。

「実は……雪柳の考えが、分からなくなってきてな」

どうやら、その不安を何とかしたくて、惚れ薬を欲しがったらしい。部屋内の一同は興味津々、桜そっちのけで、安居の周りに集まり、あれこれ恋について話し出した。佐助など、ここで若だんなの方を向き、養育係として質問を始める。

「若だんな、よろしいですか。好いている相手の気持ちが、分からなくなったとします。その場合、男はどうするべきでしょうか」

「ええと……とにかく、惚れ薬を使うべきじゃないよね。薬を飲んだ後、好きと言われても、嬉しくないもの」

本心自分に惚れているのか、それとも薬が切れるまで、期限付きで好いてくれているのか、得心出来ない。下手をしたら明日の朝、冷たい目で見てくるかもしれない。

「それじゃ、哀《かな》しいもんね」

「素晴らしい答えです。若だんな、大人になりましたね」

「あー、佐助さん、あんた親馬鹿……じゃなかった、気合いの入った兄や馬鹿だろ」

呆《あき》れ顔の禰々子にそう言われても、若だんなの育ての親を任じる兄や達は、動じもしない。だが喜んでいる妖の横で、安居は深い深い溜息《ためいき》をついた。

「惚れ薬が目の前にあるというのに……使っては駄目なのか」

実は安居には、直ぐにでも惚れ薬を使いたい訳があった。

「雪柳が、それがしに心底惚れてくれていると確信が欲しい。それが持てたら、雪柳と二人、若隠居したいのだ」

妖達が一斉に首を大きく傾げる。

「一緒に若隠居、ですか？　ということは、雪柳様は、安居様の奥様なのでは？」

「いかにも妻である。妻でもなければ、みっともなうて、惚れているなどとは言えぬではないか」

安居が、語るまでもないと言ったものだから、皆が一瞬、目を見合わせる。妖らは、まさか妻への気持ちで安居が困っているとは、思いもよらなかったのだ。

「へっ？　そうなんですか？　へえええええ。そいつは知りませんでした」

化け狐達や屏風のぞき、野寺坊《のでらぼう》に鈴彦姫らが、互いに確認をするが、何しろ誰にも伴侶《はんりょ》がいないから、答えを知っている者はいない。若だんなが一人、首を傾げていた。

（でも、おとっつぁんはおっかさんに、ひたすら惚れてた。その事を婚礼前から、何度も言ってたんじゃなかったっけ？）

しかし、だ。両親は、ちょいと世間並みというものから外れている気もして、若だんなは稲荷寿司を食べつつ、他の事を問うた。

「あの、どうしてその若さで、隠居をご希望なんですか？」

お子はまだ小さいだろうにと言うと、子供はいないと安居は少し淋《さび》しげに言う。よって隠居をする場合は、親戚《しんせき》に跡を譲るつもりなのだ。

だが、何故だかこの考えは、周りから思い切り無視されているらしい。

「その為かの。雪柳ときたら隠居ではなく、それがしを置いて、仏門へ入りたいと言い出したのだ。思いもよらぬことだった」

部屋内の話し声と酒を飲む手が、一瞬止まった。そして、真っ先に大きく息を吐いたのは、禰々子であった。

「雪柳様は一人、尼さんになるって言ったのかい。そりゃきっと、安居様は見捨てられたんだね」

安居は貌《かお》を引きつらせる。

「馬鹿な。それがしは雪柳のことを、それは大事にしてきたわ。正直に言えば……雪柳よりも大事なものは、今はござらん」

なのにどうして、何故こんな事になったのか、未《いま》だによく分からない。笑われようが、いい歳《とし》をしてと嘲《あざけ》られようが、安居は妻の雪柳が好きで、雪柳もそうだと思ってきた。雪柳は安居が見つけた、心安らげる居場所なのだ。

「なのに……どうして屋敷を出て、尼になると言うのだろう」

妻の気持ちを失いたくない。だから惚れ薬と聞き、安居は思わず、欲しいと思ってしまったのだ。

「ありゃ、そういう訳かい」

禰々子は気の毒そうに、眉尻を下げた。しかし、おなごは気持ちが相手から離れたら、振り返ったりしないと口にする。

「ね、禰々子殿でもそうなのか」

「安居様、『でも』とはなんだい。もう一回じっくり、あたしに殴られたいのかい？」

禰々子に睨《にら》まれ、黙った安居は酒をどんどん飲んだ。一緒に妖達も、それと競うように、楽しく相伴した。

そして直歳寮の皆はあっさり酔いつぶれ、床に転がってしまったのだ。

「あれまぁ、安居様まで」

そう言う若だんなも眠そうなのを見て、兄《にい》や達は皆で昼寝を取る事にし、起きた後、夜桜を楽しむ事に決めた。すると妖達は早々に、影の内へと消える。

一人飲み足りない顔の禰々子は元気なもので、兄や達から礼を言われ、江戸の菓子と玉子焼きの包みを土産に貰うと、北の川へと去っていった。酔い損ねた狐達が、空になった酒を補充する。兄や達は庫裡《くり》へ行き、夕餉《ゆうげ》、つまり薬石《やくせき》を作っている御坊《ごぼう》達と打ち合わせをしたり、忙しく部屋を出入りした。

すると。

一時《いっとき》ほどの後、いきなり安居が起き上がり、寸の間、部屋で呆然《ぼうぜん》と立ちすくむ。それから、慌てて綺麗に畳まれた羽織を羽織ると、寝ている皆へ一つ頭を下げ、直歳寮の部屋から消えていった。

4

皆が起き出すと、佐助《さすけ》達は早めの夕餉を出してくれた。そして若だんなの為に、お重の残りの他に、味噌味の雑炊も用意してくれたのだ。出汁《だし》をきかせ刻んだ青菜を入れ、七味唐辛子を振ったものだ。嫌という程飲んだ後であったから、妖《あやかし》達も美味《うま》そうにこの雑炊を食べた。

「おや仁吉《にきち》さん。安居様がいないね」

屏風《びょうぶ》のぞきがお代わりをよそいつつ問うと、他の妖達もきょろきょろと、部屋を見渡している。仁吉が笑った。

「少し前に飛び起きて、慌《あわ》てて部屋から出て行ったたな。勤めに戻ったんだろう」

はて、どこの御家中であったのかと、皆が雑炊を食べつつ、あれこれ話し始める。

日は傾いてきたが、まだ庭は明るくて、昼とは違う趣の桜がそれは綺麗であった。食べつつまた飲み出し庭へ目を向けると、やっと宴会というよりも、花見をしている気分になる。

「ああ、いいね。本当に綺麗な桜だ。機会があったら、他の宿院の桜も見てみたいね」

「暮れる前に、ご挨拶《あいさつ》に伺える大名家留守居役様の所へ、足を運ぶつもりです。若だんなもご一緒にいかがですか？」

庭の桜は見られるでしょうが、少々堅苦しいですよと、兄や達が問うてきたが、若だんなは直ぐに頷《うなず》いた。たまに長崎屋へ顔を出してくる同心の他は、道をゆく武士を目にするばかり。お武家とは余り縁が無かったので、安居を見て興味が湧《わ》いたのだ。

「若だんな達が戻って来るまで、あたしらは菓子でも食べて、ゆっくり庭を見ているよ」

夜、また騒ごうと屏風のぞきが言い、妖らは皆、今度は甘味へ目を向けている。

「暗くなる前に、寺が桜に雪洞《ぼんぼり》を掛けると聞きました」

鈴彦姫《すずひこひめ》の話に、若だんなは夜の桜に思いを馳《は》せる。

ところが。屏風のぞき達が、茶饅頭《ちゃまんじゅう》と家主貞良《カステラ》、金平糖、餅菓子《もちがし》などを出している横で、挨拶に行く支度をしていた若だんなが、小さな声を上げたのだ。

「どうかしましたか？」

直ぐに佐助が問うと、若だんなが困ったような顔をして、禰々子に貰《もら》った巾着を取り出した。開けて中を見せると、皆が目を見開く。

「あらま。薬玉が足りない。ああ、黒い薬玉、惚れ薬がないね」

薬効あらたかな河童の薬の一つが、消えてしまっていたのだ。妖達は、さてさて大変だと、巾着を見つめた。

「安居様が、持って行ったんだろうか」

「妻に惚れていたからな。雪柳様が尼さんになっちまうのが嫌で、つい手を出したのかもしれん」

野寺坊がそう言うと、二匹の狐と鳴家《やなり》が三匹頷く。しかし、首を傾《かし》げる者も多かった。

「生真面目で、融通が利《き》かないお人だったぞ。安居様が対価も支払わず、勝手に薬を持ってゆくとは、思えないんですが」

そう言ったのは佐助で、若だんなも大きく首を縦に振った。赤い薬玉には、ちゃんと根付けを代金として、払っていったのだ。

「もし安居様でないとしたら、持って行ったのは誰かな？」

若だんなが問うと、妖らは茶饅頭や家主貞良に手を伸ばしつつ、眉《まゆ》を顰《ひそ》め、もの凄く真剣な顔つきとなる。そしてじき、己の意見こそが正しいと、あれこれ言い出した。

「きゅい、黒玉、持って行ったのは、きっと禰々子さん。一人先に帰ったから」

誰かに薬を飲ませたら、面白いと思ったのではないか。もしかしたら話に出て来た坂東太郎に、飲ませる気かもしれない。

「おや、禰々子さんは、坂東太郎が好きだと言っていたのか？」

佐助が問う。鳴家はきっぱり首を振った。

「言って無い。太郎は大河だから、もうちっとぴしっとしなきゃ、駄目だって言ってた」

しかし鳴家には、大きな川がぴしっとするとは、どういう事なのか分からない。分からないから、惚れ薬を飲ませてみたら、楽しそうだと思うのだ。

「……鳴家に惚れ薬など持たせたら、怖いな。面白半分、誰に一服《いっぷく》盛るか分からんぞ」

「小鬼に、意見など聞くからだ。まともな考えを問うなら、あたしに聞きな」

こう言ったのは屛風のぞきで、家主貞良を一切れつまんで嬉《うれ》しげに食べつつ、断言した。

「薬を持って行った誰かは、この部屋へ入って来られた者だ。そしてここは宿院じゃないから、大勢が出入りはしない。そうだよな」

「そうです。ああ屛風のぞきさん、今日は冴《さ》えている感じですね」

「今日は、じゃねえよ。鈴彦姫、あたしはいつも冴えてる男なのさ」

そう言って胸を反らしたのを見て、鳴家が二匹ほど、屛風のぞきの足に嚙みつく。痛そうにそれを払ってから、妖は後を続けた。

「そして盗《と》ったのは、ここに特別な薬玉があることを、知っていた者だ」

一に名が出た安居は、違うだろうという話になった。では、二番手に名が上がった、禰々子はどうか。

「こっそり盗るくらいなら、最初からあの薬を抜いて、若だんなに渡しただろうよ」

薬は禰々子が、届けてきたものなのだ。

「だから、禰々子さんも違う」

若だんなが、今日の屏風のぞきは凄いと、本気で褒めたものだから、今度は妖の鼻が天井を向いた。

「他に考えられるのは、さっき、薬玉の効能を聞いてた、我ら妖だな。特に鈴彦姫は怪しい」

「あら、何で？」

鈴の付喪神《つくもがみ》が、首を傾げる。すると、笑い出した佐助が若だんなへ、今、誰かが恋しいですかと問うた。若だんながあっさり首を横に振ると、佐助は鈴彦姫も違うようだと言い、笑っている。

「あら……そういう使い方も、あったんだ」

今気がついたと、惜しがっている声を聞き、皆がわっと声を上げた。

「今日は花見で、部屋には食べ物がたんとあったから、鳴家が飴玉《あめだま》と間違えて、食べた訳じゃなかろう。となると、だ」

残るはただ一人と、屛風のぞきは言う。

「だ、誰？」

「若だんな、それはな」

我は素晴らしく頭が良いと、屛風のぞきは今にも後ろへ倒れそうな程、身を反りかえす。

「つまりそれは……秋英《しゅうえい》さんさ！」

「へっ？」

「秋英さんは、安居様が殴られ騒ぎとなったとき、ここへ来た。あの薬の話も、耳に入ったかもしれん」

高名な僧、寛朝《かんちょう》に話があったのか、秋英は沢山の侍達を連れ、直歳寮《しっすいりょう》を歩き回っていたではないか。その為《ため》、安居は顔を見られそうになり、慌てて庭へ突っ伏す羽目になったのだ。

「秋英さん、坊さんだが若い男でもあるからな。好いた相手でも、いるんじゃないか？」

素晴らしい思いつきだ。他に考えようもないと言い、屛風のぞきは饅頭を手にすると、気持ちよさげに自画自賛する。

若だんなが、大きく頷いた。

「ああ、そうだった。秋英さんは沢山のお侍を連れて、直歳寮へおいでだったね」

つまり、だ。ひょっとしたらあの侍達も、話を漏れ聞いていたかもしれないのだ。

「ええっ？」

すると屏風のぞきが一寸《ちょっと》間抜けな顔をした横で、佐助が間違いないと頷く。秋英が連れと現れたのは、禰々子から薬玉を貰った後だ。ここで仁吉も、「確かに」と口にする。

「そうなると、惚れ薬の事を知っている者の数は、ぐっと増えそうですね。あの時のお侍が家中の知り人に、面白き事を聞いたと、話したかもしれませんし」

語った方は戯《ざ》れ言《ごと》のつもりでも、聞いた中に、まじないのような物でもいい、惚れ薬が欲しいと思った者がいたかもしれないのだ。仁吉や佐助は丁度、庫裡へ行ったりして、部屋を留守がちであった故《ゆえ》、盗めたのだ。

「盗人《ぬすっと》が、若だんなの側《そば》へ来ていたんですね。ああ遠出先で、若だんなを一人にすべきでは、ありませんでした」

「あのねえ、仁吉、佐助。私は幼子《おさなご》じゃないんだ。そこまで心配しなくても、大丈夫だよ」

薬は大きな飴玉ほどの大きさで、それが幾つもあったから、結構嵩張《かさば》った。それで昼寝の時着替えた着物と一緒に乱れ箱に入れ、部屋の隅に置いてあったのだ。

「誰かが板戸を少し開けて、こっそり手を差し入れ、巾着から一粒、持って行く事も出来た筈《はず》だよ」

今は盗られたことを、あれこれ言っても仕方ない。だが、しかし。

「大丈夫かな。惚れ薬を誰かが飲んだ事で、揉《も》め事がおきなきゃいいけど。妙に都合良さげな薬は、思案の外の騒ぎを起こすかもしれないよ」

若だんなが心配すると、仁吉は腕を組み、確かに暢気《のんき》な話では済まないかもしれぬと、あっさり言った。

「以前北の地に伝わる、惚れ薬、いもりの黒焼きの話を聞いた事があります」

粉薬を手にした男は、綺麗なおなごに掛けようとした。しかし間違って黒焼きを、米俵《こめだわら》に掛けてしまったという。

「つまり男は、その米俵に惚れられ、追いかけられたんですよ」

「きゅんい、米俵、人に惚れるの？」

鳴家達が目を丸くする。仁吉はうっすらと怖い笑いを浮かべつつ、話の続きを語った。

「一説には、逃げている最中、雨に降られたんで、いもりの黒焼きが米俵から流れ落ち、男は助かったと言います」

だが。

「他の話ですと、男は米俵に追われ続け、家に逃げ込んだ。しかし最後には、戸を破って入って来た米俵に、潰《つぶ》されてしまったとか」

「きょげーっ」

結末を怖がった鳴家達が、若だんなの懐《ふところ》に逃げ込む。若だんなは、引きつった笑いを浮かべた。

「まさかこの広徳寺で、あの惚れ薬を米俵に食べさせる御《ご》仁《じん》が、いるとは思えないけど」

それに禰々子の惚れ薬は、丸薬《がんやく》の形にしてあった。有り難い事に、振りかける訳にはいかない代物《しろもの》なのだ。

「ですが若だんな。薬を包んであった薄紙を取って何かに入れたら、惚れ薬を食べさせた事になりませんかね」

「佐助、不安を煽《あお》るようなことを、言わないでおくれな」

しかし、惚れ薬の話をすればするほど、段々焦《あせ》る気持ちが増してくる。

「広徳寺の中で、何か異変が起きていないか、確かめた方が良さそうだね」

ならば、大名家御家中の方々への、挨拶回りを利用しない手はない。それで兄や達が玉子焼きの風呂敷《ふろしき》を持ち、急ぎ秋英を呼びに行く。若だんなが紋の付いた羽織を着ると、鳴家が二匹、袖内《そでうち》に飛び込んできた。

5

若だんなと兄や達は秋英に案内され、まずは久居藩《ひさい》、江戸留守居役へご挨拶する為、宿院に向かった。久居藩の岩崎《いわさき》は長崎屋と縁があり、顔見知りであったからだ。

ところが堂宇《どうう》では、既に異変が起こっていた。

「あ、りゃ」

若だんなと秋英が、寺の回廊で同時に立ち止まる。目の前を、まず銘茶問屋の文月《ふみつき》屋《や》が、酷《ひど》く慌てた様子で駆け抜けて行った。

「文月屋さん？」

声を掛けたものの、銘茶問屋は止まらない。するとその後を、今度は武家が必死に走ってゆく。何故《なぜ》ならその後ろから、驚くような代物が追ってきていたのだ。

「あれは……何と、おなごの着物ですかね」

雪の模様が散った綺麗《きれい》な着物なのだが、中身が入っていないのに、廊下を滑るようにして、男らの後から進んでくる。その恐ろしい様を見て、若だんなの頭に、振り袖火事のことが浮かんだ。何かに憑《つ》かれた振り袖が火を振りまき、江戸に大火をもたらしたという。

「人が着ていないというだけで、着物があんなに不気味なものになるとは」

ここで秋英がぐっと、唇を引き結んだ。一体何が、どうして起こったのか、良くは分からない。だがよりにもよって、妖退治で高名なこの広徳寺で、妖《あや》しの者が勝手に動き回っているのだ。

「あの怪異に、私が一人で対応出来るかどうか、分かりません。今日は来客も多い。しくじりは出来ぬ故、師を呼んで参ります」

秋英は廊下で一つ頭を下げると、離れた堂宇へ寛朝を捜しにゆく。残った若だんなと兄や達は、細い廊下の半ばで顔を見合わせた。

「さて遅かったようですな。事は起こってしまった。我らはどう致しましょうか」

とにかく有り難い事に、不気味な振り袖が惚《ほ》れたのは、若だんなではない。

「騒ぎが終わるまで、直歳寮で休んでいた方が疲れないですよ」

仁吉は若だんなに、部屋へ戻りましょうと言う。兄や達はとにかく若だんなの事が第一で、二からが無いのだ。

「あのね、仁吉。あの振り袖はどう考えても、昔話の米俵と同じだ。きっと、惚れ薬を飲んだんだと思うよ」

飲ませたのは、逃げていた文月屋か、それとも後に続いたお武家か。どうして、そんなことをしたのか、いや、間違ってそうなってしまったのかは、分からない。しかし。

「騒ぎを起こした惚れ薬は、直歳寮の長崎屋の部屋から、盗まれたものだ」

河童《かっぱ》の秘薬なのだ。

「騒ぎが収まった後、薬の出所が長崎屋だと知れたら、どうなるかしらん。店にとんでもない災難が、降ってくるかもしれないよ」

若だんなの言葉を聞き、佐助が顔を顰《しか》める。

「そいつは、ご免な話ですね。若だんなが、ゆっくり寝ていられなくなる」

しかし、だ。ならば早々に、あの振り袖を大人しくさせたいが、こちらは寛朝ではないので、惚れっぽい振り袖の退治法など、とんと分からない。

「どうしたらいいのやら。仁吉、お前さんなら分かるかい？」

しかし、万物を知ると言われる白沢《はくたく》仁吉が、珍しくも、ゆっくりと首を横に振った。

「惚れ薬を飲み込んだ振り袖がいた、という話は、私も聞いた事がありません」

よって対処法など、仁吉にも思いつかないのだ。

「あれ、困った。どうしよう」

とにかく、何とかして惚れ薬を振り袖から取り出し、元の薄紙に包み直すべきなのだろう。若だんなは紙が余分に入ってないか、禰々子《ねねこ》がくれた巾着《きんちゃく》を見てみようと、懐に手を入れる。

すると。遊びだと思ったのか、鳴家も巾着に入り、白や青の薬玉で楽しく遊びだした。若だんなは苦笑を浮かべ……そこで急に、声を上げた。

「そうだっ」

そして急ぎ、薬玉を抱いた鳴家を一匹、取り出したのだ。

「仁吉、佐助、これ、振り袖を大人しくするのに、使えないだろうか」

きょとんとした顔の鳴家が抱いていたのは、薄紙に包まれた白い薬玉だ。兄や達が、顔を見合わせる。

「そいつは、飲めば三日起きていられるという、薬玉でしたね」

ただし、だ。飲んだ途端、まずは三日、寝込むことになるという、奇妙な薬だ。つまり。

「成る程。この白い薬玉を袖に放り込めば、振り袖は三日間、寝てくれる訳ですね」

起きたらまた、恋しい相手を追いたくなるだろうが、若だんな達はその前に、振り袖から惚れ薬を取り出し、薄紙に包んでしまえばいい。

「上手《うま》く行きそうですね。若だんな、では振り袖を追う役は、我らがします。若だんなは、ここで一休みしていて下さい」

「えっ、私も力を貸すよ」

「頼みますから、休んでいて下さい」

すると懐から二匹の鳴家達が顔を出し、我ら小鬼が付いているから、若だんなは大丈夫だと請け合った。

「鳴家、じゃあ頼《な》りにするぞ」

鳴家達の頭を撫でてから、兄や達は素早く文月屋達の後を追って行った。若だんなは溜息をつくと、桜の木が植わっている小さな庭を見つけ、側の沓《くつ》脱《ぬ》ぎ近くに腰掛ける。

「何か、せわしいね。花見って、こういうものなのかしらん」

花見の為に遠出をしたのは初めてだから、比べるものがないが、どうも花をゆっくり眺めるという事では、なさそうであった。

「花見には体力が要るんだね。だから今まで、連れていって貰えなかったんだ」

若だんなは目の前のまだ若い木を見て、息をつく。ところが。

「きょえーっ」

その時いきなり、もの凄《すご》い声がしたものだから、若だんなは思わず懐の二匹へ目を向けた。しかし鳴家達が叫んだ訳ではない。二匹はその声に怖がって、隠れ震えていた。

「じゃ、誰の声なのかしら」

慌てて辺りを見回すと、少し離れた宿院の廊下を、また人影が走ってゆく。追っているのは、今度は振り袖ではなく、大きな行李《こうり》であった。

「……何であんなものが、動いてるのかな。その内、米俵も登場しそうな気になってきた」

多分、振り袖から惚れ薬を取り出したものの、きちんと回収出来ない内に、今度は行李の中へ入ったのだ。追われているのは、誰なのだろうか。

「どんどん取り憑くものが変わったら、兄や達も追うのが大変だ。今、惚れ薬は行李の中にあるって、分かってるかしら？」

　若だんなは寺の廊下から、少しずつ黄昏《たそがれ》時が近づいて来る空を見上げた。このままでは、騒ぎは収まりそうにない。おまけに惚れ薬の取り憑き先が変わっていくとしたら、寛朝と秋英、それに兄や達だけでは、手が足りないだろうと思う。

「やっぱり私も、力を貸そう。それに、妖達の手も借りたらどうかしら」

　一瞬、上手い考えだと思った。頼めば直歳寮にいる妖達は、張り切るだろう。影の内にも入れるし、不思議な光景を見ても、驚きもしない連中だ。

　ただ。その妖達を、うっかり侍達に見られてしまったら、一層の混乱を引き起こしかねない。

「どうしたらいいんだろうか」

　気がつくと懐の中から、鳴家達がきらきらとした眼差《まなざ》しを、若だんなに向けていた。

「やっぱりほら、いざってぇ時に、頼りになるのは我ら、妖ですわな」

　若だんなから、皆も手を貸して欲しいと頼まれ、長崎屋の面々は惚れ薬を捜しに、機嫌良く寺内へと散った。もっとも茶を飲み菓子を食べ、大人しく花見をしている筈であったのに、すでにいささか酒臭く、赤い貌になっている者もいたから、危なっかしい。若だんなが先程行李を見た場所へ行くと、屏風のぞきがいたので、二人は鳴家と共に、その先の宿院へ向かった。

すると。その宿院の一室で二人が見つけたのは、惚れ薬が取っ憑いた物ではなく、難しい表情を浮かべた安居《あんご》の姿であった。

「おんや安居様。酒はもう抜けたかい。厳しい顔だね。雪柳様と喧嘩《けんか》したのかな?」

妖が声を掛けると、安居は寸《すん》の間《ま》動く事も出来ず、目を見開いたまま妖を見てきた。だが若だんなもいるのを見ると、律儀に二度ずつ首を振り、まだ酒が残っていたかと言い、苦笑を浮かべたのだ。

「物が人を追うとは、余りに妙な事が起きたと思ったら、今度は夢の宴にいた者が現れてきた」

己《おのれ》の酒は、抜けてはいなかったのだ。まだ夢の内にいたのかと、安居はこめかみを掻《か》いている。

「つまり若だんな、ここは夢の続き……というより、きっと悪夢の内なのだな」

屏風のぞきが、真面目《まじめ》に返答をする。

「安居様、そりゃ多分、また貘《ばく》が悪夢を食べるのを、怠けているせいさ。近頃の貘ときたら、高座《こうざ》に上がって落語をやるもんだから、悪夢を食べるのが遅くなったりするんだぜ」

「お、おや、そうなのか」

　とにかく知り人に会ったので、人を追う行李を見なかったか、若だんなは聞いてみる。捕らえるつもりで追っている事を説明すると、安居は行李を見たと言った。その行李はつい今し方、廊下の角でひっくり返ると、急に動かなくなったそうだ。

「だが直《す》ぐに、近くから悲鳴が聞こえてな。今は立派な文箱《ふばこ》が、かたかた音を立てつつ、若い用人《ようにん》を追いかけておる」

　それ故安居は今、部屋にいた者達に、助けに行かせているのだそうだ。

「今度は用人が相手か。ところで安居様、お前様、使う者がいる立場だったんだね」

「屏風殿、まあ、そうだ」

　追う方も追われる方も、どんどん変わっていったのでは、惚れ薬を捜しづらいことこの上ない。若だんなが顔を顰めると、安居はあの怪異を、どう鎮《しず》めるつもりかと問うてきた。

　ここで横にいた屏風のぞきが胸を張り、先程若だんなから託された、小さな薄紙を見せた。惚れ薬をこれに包んで巾着へ戻せば、事が終わると言うと、安居が深く頷く。

「怪異は鎮めねばならぬ。人の世の理《ことわり》から、外れておる故な」

きちんと生きている安居からしたら、突然走り出す行李などというものは、あってはならない代物なのだろう。真面目な侍はしっかりした声で、己も手を貸すと、屏風のぞきに言った。どうせ、起きているのか夢の内なのか分からないのなら、怪異退治をしようという気になったらしい。

「そいつは有り難いねえ。追っ手は多い方がいいさ」

三人は怪異を追うため、早々に部屋から廊下へ出た。途端、余程間が悪かったのか、血相を変えた侍が二人、三人とすれ違い駆け抜けてゆく。

「あわわわっ」

屏風のぞきが身を回してよろけ、それを支えようと、安居が手を差し伸べる。するとそこへ、思いもよらぬものが近づいてきたのだ。

「ひえっ、何だ、ありゃ」

屏風のぞきが頓狂《とんきょう》な声を出す。桜の木の向こうにある廊下に、木製の巨大な饅頭のような代物があったのだ。濃い茶色のそれは飛ぶかのような勢いで、こちらへ進んでくる。若だんなが立ちすくんだ。

「あれま、惚れ薬ときたら、今度は木魚《もくぎょ》に取り憑いたんだね」

一体、どうしてそんなものの中に、薬玉が入ったのだろうか。

「何と、動く木魚とは、許せぬ」

安居が、その丸い仏具を捕らえようと、廊下に立ちはだかった。屏風のぞきも、急ぎ身構える。その時。

「おわっ」

木魚がもの凄い勢いで、飛び込んできたのだ。その身に受けると、安居は木魚ごと後ろへよろける。その体を、屏風のぞきが決死の顔で支えた。しかし二人は押されて、あっさり廊下に転がってしまう。木魚と共に団子状態になって、隅にうずくまったのだ。

すると。それを見た若だんなが、さっと木魚へ近づいた。そして鳴家を木魚の上へ置いたのだ。

「鳴家、木魚の中から、薬玉を取りだしておくれ」

その木魚は、鈴のように口が開いた形であったから、細い隙間《すきま》から鳴家が手を突っ込む。ところがまた木魚が動き、それを止めようと、安居と屏風のぞきが組み付いた。

「おおっ、気味悪い事だ。動いておる」

「きゅげ」

その時木魚の口から玉が出る。だが薬玉は鳴家の小さな手から、直ぐにこぼれ落ちてしまった。玉は転がると、今度は安居の袖内へ入ったのだ。

途端、袖が強く引っ張られ、安居は鳴家の方へと身を持って行かれる。

「きゅんわーっ」

焦った鳴家が、若だんなの袖内へ飛び込んだものだから、今度は若だんなが逃げる羽目になった。しかし、であった。

「冗談ではないぞ。それがしは、雪柳以外の者を追う気はないのだ！」

そう言い切った安居が、決死の表情で足を踏ん張り、廊下の一点に留まった。

「安居様、凄い」

有り難い事に、走らずに済んだ若だんなは、ほっと息をつく。そして、大騒ぎを引き起こした惚れ薬にさえ、見事抗《あらが》っている安居の姿を見て、ふと思いつく事があったのだ。

「安居様、雪柳様がお好きなのですよね？」

「おお、さようだ。隠しはせぬ」

つまり、雪柳も周りも、石頭の安居がいかに妻を思っているか、よく承知している訳だ。それは、河童の秘薬にも対抗しようという、気合いの入った、長年の、真実の気持ちだと、若だんなにも知れた。

(ああ、そうなんだ。だから……)

若だんなは震える鳴家を撫で、少し気を静めてから、ゆっくりと安居へ近寄った。このまま安居が薬玉を押さえていてくれれば、上手く玉を薄紙に包めるかもしれない。ついでに、思いついた事を語った。

「安居様、これは当て推量ですが、雪柳様が尼になりたいとおっしゃった訳を、一つ思いつきました」

「何？　本当か」

若だんなの方へ目を向けた途端、安居はたたらを踏んで、一瞬駆け出しそうになった。それを屏風のぞきが捕まえ、いつの間に来たのか、影から他の鳴家達も現れ、足を摑《つか》む。安居はまた、留まった。

「安居様、子を持たぬ雪柳様は、色々言われておいでの筈です」

しかし、当人は天下御免で妻に惚れているから、妾《めかけ》に気を移し、他に子を生《な》すという話にも、ならなかったのだろう。

「それがしの妻は、雪柳だ！」

(やっぱりか)

多分、その真っ直ぐで融通の利かない思いが、周りの者をして、雪柳を追い詰めたのだ。

「成る程、安居様はまだ若いからなぁ。養子の話を考えるより、妻をとっ替えりゃいいと考える阿呆《あほう》が、いたんじゃねえか？」

屏風のぞきの言葉を聞き、安居が唇を噛《か》む。

「……雪柳が、周りから責められているのではと、危惧《きぐ》した事はある。それで尼になると言い出したのかと、既に問うた」

だが雪柳は、違うと言い切ったらしい。屏風のぞきが驚きの声を出した。

「えっ、そうなのか？」

「ええ、違うと思います」

若だんなは、頷いた。

助けて下さいと言ったら、夫は男としての勤めを全《すべ》て放り捨て、妻を救いにかかると、雪柳には分かっていたのだろう。だから雪柳は、手弱女《たおやめ》のような女ではいなかった。だがそれでも、雪柳が困っていると思うのか、夫は若隠居をすると、己で言い出してしまった。

「他人の言葉だけなら、雪柳様は、聞かぬ振りが出来たかもしれません。でも安居様に、自ら若隠居すると言われたのは、辛《つら》かったのでしょう」

このままでは、男として仕事を成せる一番の時に、老人のように、ただ日々を大人しく過ごさせることになるのだ。

「は？　何でだ？　良き案ではないか」

安居は、どうして若隠居がいけないのか、わからぬようで、随分と困った表情を浮かべていた。妻の思い、夫の配慮は大きく違って、相手への心遣いがずれてゆく。

驚いた途端、安居の体がまた動く。袖が若だんなの方へ、引っ張られるように出た。若だんなはそれを見て、反対に安居へ近づくと、薄紙を持ち、さっと袖口に手を突っ込む。玉は手の先から逃れるように動いた。鳴家が何匹か袖に入り込み、小さな手を伸ばすと、また転がり……終《しま》いには安居の袖から、落ちてしまったのだ。

「あっ……」

若だんなが声を上げた目の前で、黒い玉が廊下を転がってゆく。そして少し先の角で跳ねると、その向こうにあった沓脱ぎの石の上へ、落ちていったのだ。

ぱりん、と、本当に小さな音がして、黒い玉が見事に砕け散った。いもりの黒焼きから作ったという薬は粉になり、あるかないかの風に乗って散ると、寺の桜の庭で消えていった。

騒ぎが収まると、後の言い訳は、妖退治で高名な寛朝が引き受けてくれた。寛朝は供応と騒ぎの対応に追われ、やっと若だんなの前に現れたのは、騒ぎの翌日の事であった。

「今回の事は、これから供養《くよう》するつもりであった、ある怪異のせいという事にしたよ」

寺に寄こされていた不可思議なものが、暴れ出したと、寛朝は武家の客達に話したのだ。侍が余り怪異に震えては、体面に関わると思ったのか、一応それで事は済み、表向き収まったという。

「助かりました。さすがは寛朝様。こういう始末は、お得意ですね」

佐助が笑みと共に金子《きんす》を差し出し、寛朝は鷹揚《おうよう》にそれを懐に入れる。若だんなが、宿院の方々の事を気にすると、寛朝は今朝方、帰られた所も多いと告げた。

「お侍方は、寺へ参詣《さんけい》に来ている事になっておるでな。桜が咲いておるからといって、長居はされぬ」

客達は大名屋敷へ帰れば、今回の件について、侍屋敷長屋などで話題にするかもしれない。だが、各藩内での話が外へ出る事は少ない。大事にはならないだろうと寛朝に言われ、若だんなは一息ついた。

「最初に惚れ薬を持って行ったのが、文月屋さんだったとは。意外でした」

文月屋は雛小町《ひなこまち》選びに関わっていたから、綺麗な娘との仲を取り持って欲しいと言われ、大変だったらしい。その内でもしつこい御仁に、どうにかしてくれと頼まれていた故、媚薬《びやく》があると聞き、手が伸びてしまったのだ。

「やれやれ、雛小町選びも、こうも派手になってくると、人騒がせなことだ」

しかし文月屋は、惚れ薬を盗《と》ったはいいが、扱い損ねて騒ぎを起こしてしまった。今は、寛朝に叱《しか》られ大人しくしているのだそうだ。

「今回の騒ぎで、若だんなも疲れたのではありませんか。ですから我々は、もう少しゆっくりしてゆく事にしました」

兄や達がそう宣言し、若だんな達はその日も、広徳寺に泊まってゆく事にした。直歳寮の部屋で、化《ば》け狐《ぎつね》が運んで来た菓子を佐助が盆に置き、皆に勧める。

茶を淹《い》れ寛朝へも出すと、高僧は嬉《うれ》しげに練り切りを手に取った。横で、一斉に菓子へかぶりついた妖達を笑顔で見てから、寛朝は若だんなへ顔を向ける。

「そういえば若だんな、秋英が話しておったぞ。昨日、知り合った武家の一人に、河童の秘薬を一粒、譲ったそうではないか」

さて、惚れ薬で大騒ぎになった後なのに、思い切った事をしたなと寛朝が言う。僧は、若だんながどういう薬を譲ったのか、それを知りたがっているのだ。

若だんなは頷くと、桜の花をかたどった、練り切りを口にした。

「我らは、安居様という方と、知り合いになりまして」

妖らは尋常な者とは違う故、寺での事は夢と思い込んでいた、お堅い御仁であった。妻となった人を、それは大事にしているお方であった。

しかし安居は今、深い悩みを抱えているのだ。よって。

「黄色い薬玉を差し上げました。ご夫婦で話し合い、飲んでもよいと思われた時のみお飲み下さいと、申し上げておきました」

渡したのは、平安の時代、狐の娘が幸せになる為、飲んだ薬であった。しかも。

「人によってどんな薬効があるか、分からないというものです。河童の秘薬の内、一番訳の分からない一粒でした」

河童の禰々子は、人生賭《か》けるしかない薬だと、言っていた。だがそんな薬でも、頼りたくなる時が、もしかしたらあるかもしれない。若だんなは、痛みをもたらす赤い玉を躊躇《ちゅうちょ》無く飲んだ、安居の決断を覚えていた。

「安居様は、惚れ薬を捕まえるのに力を貸してくださった。そのお礼として、河童の秘薬を渡したんです」

少し前、若だんなは〝助けて下さい〟と書かれた木札を拾い、それ故、救いの手をさしのべたいと思った事があった。何かできる事があるなら、安居も助けたいと願ったのだ。

「安居様か。そういうお方がおられたかの。さて、思い出せんな」

沢山武家が訪れたから、名が分からぬ御仁もいたかなと言い、寛朝は首を傾げている。横で秋英が、本当に楽しいほど、ご自分の伴侶《はんりょ》を好いておいでだったと言い、小さく笑った。僧である秋英には、一生縁の無い気持ちであった。

しかし。若だんなは少し戸惑い気味に言う。

「夫婦であり、互いの気持ちが互いに向いているとしても、難しい事もあるのですね」

安居は雪柳《ゆきやなぎ》が好きで、その事を周りも知っていたようなのに……いとも簡単に、別の妻という話が湧いて出るのだ。佐助が苦笑と共に話す。

「武家には奉公人らも、その家族も親戚《しんせき》達もおります。主《あるじ》が家を放り出してしまったら、禄《ろく》が無くなります。つまり、主が雇っている者達の暮らしも、成り立たなくなりますから」

生活に直結している事だから、家の存続が一に考えられてしまう。それを不思議と思う人は、少ないのだ。寛朝が、ふと弟子を見た。

「世には、ままならぬ事も多い。秋英、例えば僧であるお前に、もし好いたおなごが出来、親しい仲になったら、大問題になるだろう？」

たとえ大層真面目に、相手を思っていたとしてもだ。

「へっ、そうなんですか？」

妖達が、戸惑っている。

「そ、それは勿論《もちろん》」

秋英が少し顔を強《こわ》ばらせ、手の上にある桜の菓子を見た。江戸で女犯《にょぼん》を犯した僧は、日本橋で晒《さら》される刑が待っており、その後、破門・追放になる。寛朝など身分のある僧だと、もっと厳しい罰もあり得るだろう。

「真っ当な気持ちから出た事でも、どうにもならぬ事はある。どうしてと嘆いても、それでも、何ともならなんだ事が……あったな」

そこで言葉を止めると、寛朝は、いつになく優しく言った。

「やれ、桜が咲いて散るまでは短い。故に、色々考えてしまうな」

若だんなも顔を、淡い色の春の花へ向けた。

「ねえ兄や、何だか花見の間は、あれこれあるんだね。季節と共に気持ちを騒がせるのが、花見というものなのかな」

「若だんな、少し違うかもしれませんが」

兄や達が茶を差し出しつつ、困ったように笑っている。

「きゅい？」

鳴家達が僧達の膝《ひざ》の上へも登り、寛朝の菓子をちょいと取ってから、皆でのんびり食べている。

若だんなはゆったり笑って、少しの間、黙って桜を見つめていた。でも静かに花を見て、甘い桜の練り切りを口にしていると、何だか胸に、言葉にならないものが迫ってくる。

融通の利かぬきちんとした男が、必死に何とか、妻のために動いていた、その気持ちが、行いが、まだ頭に残っていた。

(雪柳様と安居様が、ずっと共にいられるといいな)

この次迎える春にも、二人が一緒に花見が出来ますように。心の内で祈った。

河童の秘薬

1

雨が強く降る日のことであった。江戸は通町《とおりちょう》にある長崎屋《ながさきや》の離れで、珍しくも若だんなが、朝から説教を食らっていた。

廻船問屋《かいせんどんや》兼薬種《やくしゅ》問屋、長崎屋の若だんなは、近在でも虚弱な事で有名だ。その若だんなが何と、雛小町《ひなこまち》を選ぶ選者を、引き受けてしまったのだ。

浅草の人形問屋平賀屋《ひらがや》が、雛小町と称して選んだ美しい娘を手本にし、御大名へ納める雛人形を作る事になった。そして、その娘を選ぶ為《ため》の番付は、既に二枚も出ており、大関に残ったのは六人の娘であった。その内から、雛小町がただ一人選ばれるのだ。

「若だんな、どうして急に、選者を引き受けようなんて思われたんですか？」

そんなことをしたら、多分疲れて今年一杯寝込むに違いないと、兄《にい》やの佐助《さすけ》は酷《ひど》く心配げに言う。すると、若だんなの膝《ひざ》に乗っていた小鬼の鳴家《やなり》まで、「きゅい、きゅい」と言って頷《うなず》いた。

長崎屋は妖《あやかし》や怪異と縁が深い。離れは己《おのれ》らの領域と心得た面々が、昼日中からのんびりと、顔を出しているのだ。

皆に揃《そろ》って無謀だと言われ、若だんなはちょいと唇を尖《とが》らせた。

「だって佐助、仁吉《にきち》。二人とも、雛小町をいつ選ぶ事に決まったか、聞いただろ？」

「五月の十日ということでしたね」

「きゅわきゅわ」

「前に、木札を見つけたよね。『お願いです、助けて下さい』って書かれてた、あの札だよ。あれにも同じ日付が、書いてあったじゃないか」

つまり、だ。木札の主が困っている事とは、きっと雛小町の件であったのだ。

「ならば私も雛小町選びに、関わるしかないと思うんだ。そうしなきゃ、困ってる誰かを助けられないよ」

若だんなはいざという時使うのだと、懐《ふところ》に小町番付まで入れ、頑張る気でいるのだ。

だが二人の兄やは、深い深い溜息《ためいき》をついた。

「若だんな、志は立派です。はい、我らがお育てした若だんなには、そういうお心を持って欲しいとは思います」

だが、しかし。

困っている者へ手を貸しに行っても、若だんながその場で倒れては、却《かえ》って面倒を掛けるだけかもしれない。いや、出かけると、病を拾うに違いない。若だんなが寝込んだせいで、お江戸は危機に陥るのではないかと、兄や達は真面目《まじめ》に言い出したのだ。

「若だんなの窮地は、この日《ひ》の本《もと》の危急存亡のとき。大川が氾濫《はんらん》したり干ばつが起きたら、どうなさいます？」

問われた若だんなは両の肩を落とし、首を横に振った。どう反論しても、とにかく兄や達は心配し続けるのだから、話が終わらない。

「大丈夫だってば。誰がお雛様の手本にふさわしいか、決めるだけじゃないか。……あれ、今木戸の方で何か、音がしなかったかい」

若だんなは、上手《うま》いこと話を変えられるとばかりに、中庭の横手へ目を向け、急ぎ立ち上がった。

「誰か、訪ねてきたかな」

「若だんな、こんな天気です。外には出ないで下さいね」

すると、その途端。

部屋の端辺りで何かを踏んで、若だんなはよろけた。

「ありゃっ」

こん、ころろ……。

転がり跳ねる音がしたと思ったら、突然庭が逆さまに見え、思い切り畳の上にひっくり返ってしまった。目の端を、黄色く丸いものが一瞬過《よ》ぎって消え、辺りが真っ白になる。

「きょんげーっ」

鳴家と兄や達の叫び声が聞こえた時、総身が痛くなった。

「ひえぇっ。若だんな、若だんな、若だんなっ。無事ですか。息をしていますか？」

「きょわーっ」

目を開けると、兄や達の顔と鳴家で、目の前が埋まっていた。若だんなが苦笑と共に身を起こすと、二人が急ぎ総身へぱんぱんと手を置き、どこか折れていないか確認を始める。若だんなは一つ咳《せき》をし、身を任せながら疑問を口にした。

「さっき踏んじゃったもの、黄色い玉だったよね。あれ、河童《かっぱ》の秘薬じゃなかったっけ?」

以前上野の広徳寺で、西の河童を助けた礼として、関東の河童の大親分、禰々子《ねねこ》から貰《もら》った薬だ。幾つか種類はあったが、確か黄色いのは平安の昔、狐《きつね》の娘が幸せになる為に飲んだという薬であった。

「どんな薬効があるか、分からない代物《しろもの》って事だったよね。飲むなら人生賭《か》けろって、禰々子さんが言ってた、あの玉だ」

「何の事ですか、若だんな。何かを踏んで、それで転んだのでしょうか」

だが黄色い秘薬はお礼の品として、寺で知り合った安居《あんご》という侍に、渡した筈《はず》であった。

「それが今頃、長崎屋の離れに落ちていたのですか?」

「ありゃ? そういえば変だよねえ」

するとその時、それは見間違いではないかと、やわらかな声が庭先からしたのだ。若だんな達が表へ目を向けると、横手にある木戸前に、小さな子供を連れた女の人が立っていた。その人は日差しの中、しとやかな仕草で頭を下げてくる。

「勝手に入り、申し訳ありません。店先が混んでおりまして、声を掛けづらかったもので」

自分は、先に長崎屋の若だんなから黄色い薬玉を頂いた、安居の妻だと語った。確かに安居が惚《ほ》れるのも道理という、それは綺麗《きれい》な人であった。

「雪柳《ゆきやなぎ》と申します」

「雪柳さんとは、随分と変わったお名前ですよね」

雅号《がごう》でしょうかと仁吉が言葉をかける。その横から、若だんながとにかくこちらへどうぞと言い、二人を縁側《えんがわ》へ招いた。雪柳がしとやかに腰掛けると、芥子坊主《けしぼうず》頭の幼い子は、己で沓《くつ》脱ぎから這《は》い上がってその膝の上によじ登り、ちょこんと座り込む。かわいい子供で、金太郎のような顔立ちが、安居に似ている気がする。佐助が茶を出し、若だんなが問うた。

「それで雪柳様。本日はどういったご用件で、おいでになったのでしょう？」

安居は武家であったから、正直に言えばその奥方が、小さな子供と二人で長崎屋へ訪ねて来るとは、驚きであった。すると雪柳は、子供を優しく撫《な》でてから、困った様子で若だんなを見て来たのだ。

「実はその、夫が頂いた黄色い薬玉、河童の秘薬だとお聞きしました」

何でも、広徳寺にて凄《すご》い薬効を見たとかで、安居は悩みを抱える雪柳へ、その薬をくれたのだ。ただ、飲むなら人生賭けることになると、安居は雪柳へきちんと説明した。二人はその黄色い薬が、ただの万能薬ではない、何かとんでもない代物だと、ちゃんと分かっていたのだ。

しかしそれでも、雪柳は薬を手にした途端、飲みたいと思ったらしい。

「わたくしはその、とてもとても困っておりまして」

先に安居が語っていた通り、それこそ尼になる事を、考えるしかない状況だという。

それ故《ゆえ》安居は、怪しげなものと分かっていて、河童の秘薬を妻へ渡したのだ。

つまり。

「今、お話を漏れ聞きましたが、こちらの離れに、黄色い秘薬があった筈はございません。わたくしあのお薬を……飲んでみましたの」

「おや、そうでしたか」

ならば先程若だんなが見たのは、飴玉《あめだま》か何かであったのだろう。ここで横にいた兄や達が、きらりと目に光を宿した。

「それで黄色い秘薬は、どんな薬効を示したのでしょうか」

秘薬の黒玉、惚れ薬が使われた時は、着物や行李《こうり》、木魚《もくぎょ》が人に惚れ、動き出した。

赤玉、傷薬を用いた時は、安居は痛みで喚《わめ》き、踊り狂うようにして転がったものの、一瞬にして怪我《けが》は治ったのだ。

黄色の薬玉は、いかなる不思議を見せたのか。兄や達と若だんな、小鬼の目が雪柳へ集まる。すると、雪柳が肩を落とした。

「それが、不思議な程、何も起こりませんでしたの」

「へ、へえ？」

「いつの間にやら、わたくしの状況が好転していた、などという事もありません。とにかく、秘薬を飲んでも元のままです。今以上の悪い事すら、なかったんです」

そんな風だから雪柳の心持ちは、ちっとも明るくならなかった。上野の寺で、安居にも摩訶《まか》不思議を見せた河童の秘薬は、雪柳には何も示さなかったのだ。

「何だか、納得出来なくて」

それで雪柳は若だんなに会い、薬の事を聞きたいと、今日屋敷を抜け出し、長崎屋へ来たのだ。河童の秘薬について語りたかった故、供は連れてこなかった。万一話を聞かれたら、一層悩みが増えそうだったからだ。

「危うい目に遭うかもしれないと、覚悟して薬を飲みました。なのに、どうしてわたくしにだけ、何も起きなかったのでしょう」

僅《わず》かに声を震わせ、雪柳が問うてくる。若だんなと兄や達は顔を見合わせ……雪柳に向き直った。

「秘薬は、河童特製の品なのです。どんな薬効がどれくらいあるか、その、我らには分からないんですよ」

ただ、と言い、仁吉が言葉を続ける。そもそも草木や石、骨などから作る薬というものは、人によって効き方が違うものなのだ。長崎屋で売っている並の薬ですら、そうであった。

「ひょっとすると雪柳様には、黄色の秘薬が合わなかったのかもしれませんね」

「まあ、残念な。けれど、そういう理由であれば、効かぬのは仕方ないですね」

余程の困りごとを抱えているのか、雪柳の目に、一寸《ちょっと》涙が浮かんだように見えた。若だんなは少し咳をした後、期待させ、却って申し訳なかったと口にする。だが雪柳はきちんと頭を下げ、礼を返してきた。

「残念ですが、もしかしたら悩みが消えるかもしれないと、しばしの間希望が持てました。それだけでも、ありがたい事でした」

急に訪れ、迷惑をおかけしましたと言い、雪柳は縁側から立ち上がる。佐助が、子供連れであれば、歩いて帰るのも大変だろうから、駕籠《かご》を呼ぼうかと問うた。

すると、思いも掛けない返答があったのだ。

「こちらにいるお子は、私の子ではございません。先程、長崎屋さんの木戸の所で会いましたの」

店の場所が分からなかったので、雪柳は駕籠で長崎屋へ来たのだ。だが、賑《にぎ》わう店に入りかね、横手へ回ったら木戸を見つけた。そこにこの子が居たのだという。子供は雪柳と一緒に、中へ入って来たのだ。

「あの、こちらに縁《ゆかり》の、お子さんではないのですか？」

どうやらお互いに相手方の子だと、思っていたようであった。見れば子は、幼い故に見えるのか、離れをうろついている小鬼へ目を向けている。

「あれま。この辺じゃ見かけない子だね」

兄や達なら知っているかと問えば、二人も首を横に振った。

「きゅげーっ」

「ひょっとしたら、迷子でしょうか」

雪柳と一緒に来た幼子《おさなご》は、目の前で機嫌良く遊んでいる。その子をどうしたらよいか分からなくて、皆が寸《すん》の間《ま》黙り込む。

若だんなは二回ほど咳をしてから、子の頭を優しく撫でた。

2

一応子供の着物を探ったが、迷子札《まいごふだ》一つ出てこなかった。よって仁吉が直《す》ぐに、結論を出す。

「とにかく町役人さんへ、子供のことを届けましょう。誰ぞが迷子を、捜しているかもしれませんから」

佐助がひょいと幼子を抱え上げ、近くの木戸脇《わき》にある、自身番《じしんばん》へと向かうと言った。すると若だんなが、己も行くと言い出したものだから、鳴家達が袖《そで》に飛び込み、仁吉も付きそう事になった。

その上、雪柳も同道してきたのだ。

「わたくしに付いてきた子ですもの。気になりますので」

実は雪柳は、以前幼い子を亡《な》くした事があるのだと口にした。

（おや、安居様と奥様には、御子が生まれておいでだったんだ）

若だんなが目を見開く。つまり安居は子を生《な》せる訳で、それ故新たな若い妾《めかけ》を持てと、勧める者がいるのだろう。

人が行き交う大きな通りが、少し先で別の道と交わっており、そこに、夜になれば道を閉ざす木戸がある。その両脇に、自身番と木戸番所が建っているのだ。迷子を入れた五人が、屋根に火の見の立つ自身番へ顔を出すと、運の良い事に、狭い土間には顔見知りの岡っ引きがいた。

「これは日限《ひぎり》の親分さん。丁度良かった、聞いて欲しい事があるんですよ」

早々に、迷子を任せられる相手が見つかったと、佐助が機嫌良く声をかける。親分とはもう長い付き合いであった。

ところが。

「ひえっ、若だんな。どうしてまた今日に限って、表に出て来たんだ」

「えっ？」

普段親分は若だんなの姿を見ると、小粒のおひねりと菓子の土産を思い出すのか、大層愛想が良い。それが今は、顔を引きつらせているのだ。

「どうしたんです、親分さん。その、迷子の届けが出ていないか、聞きに来たんですよ。何故《なぜ》って……」

「迷子？　いや、探しに来た者はいねえ。ええとその、今は迷子どころじゃねえんだよ」

取り込んでいると親分が言った途端、自身番の奥から、女子《おなご》の声でもの凄い啖呵《たんか》が聞こえてきた。誰やら奥にいて、とんでもなく揉《も》めている様子であった。

日限の親分の声がいつになく低い。

「頼むから、後にしてくれねえか」

親分は拝むように言うと、若だんな達を自身番から外へ押し出してしまった。それから戸が、大急ぎで閉められる。

「あらまあ。町屋の自身番とは、そっけない場所なのでございますね」

武家の出の雪柳が、驚いた表情を浮かべている。仁吉が苦笑と共に、首を振った。

「いえ、いつもはもっと、のんびりしておりますが。はて、何があったんでしょうね」

それにしても今の日限の親分は、本当に妙であった。問題が起こっているにせよ、親分があんな態度を取る事など、今までついぞなかったのだ。

「変ですねえ」

ちょいと理由を聞きたいが、幼子を連れているのでは、ゆっくりする訳にもいかない。皆で目を見交わした時、若だんなが三度ほど咳をしたものだから、兄や達は慌《あわ》てた。そして程近い、町名主《まちなぬし》の屋敷へ向かう事になった。

「名主さんは町役人ですからね。子を預かって貰いましょう」

実の親探しをするにしろ、見つからなかった時、養い親を求めるにしろ、町名主ならば任せられる筈であった。

ところが。町名主屋敷の玄関を開けたところ、一同はここでも、いつにない事と出くわす羽目になった。出迎えたのは空を飛ぶ菓子《かし》盆《ぼん》で、咄嗟《とっさ》に仁吉が手で摑《つか》む。雪柳がまた、目を丸くした。

「まあ。名主屋敷も、なかなか並ではない所ですね。盛り場には人を驚かせる、からくり小屋があるとか話に聞きました。ここは、似た場所なのでしょうか」

「いえその、町役人のお屋敷ですから、見せ物小屋とはちょいと……大分違います」

若だんなが困ったように言い、横で佐助が笑っている。仁吉がどんと、大きな音を立てて柱へ拳《こぶし》を振るうと、玄関で大騒ぎをしていた面々が、一瞬静かになった。

すると騒ぎに巻き込まれていた町名主が、娘とその父親らしき者、それに若い男へ、とにかく落ち着くよう声を掛ける。佐助はその間を逃さず、さっさと用件を告げた。

「名主さん、実は迷子を見つけましてね。自身番へ連れていったが、取り込み中で預けられなかった」

こちらでお願い出来ませんかと、芥子坊主頭の子を畳に下ろすと、町名主は「ああ」といい、立ち上がる。

だがその時。今し方まで揉めていた若い男が、若だんなを目に留め、太い眉《まゆ》をぐっと吊《つ》り上げたのだ。

「おや、あんた。長崎屋の若だんなじゃないか。そうだろ？」

男がそう言うと、父娘も若だんなに強い眼差《まなざ》しを向けてくる。そして真っ先に、父親が愛想笑いを作った。

「あなたが、長崎屋の若だんなでしたか。こいつは縁があった。娘を見ておくんなさい。雛小町番付で大関に選ばれた、おきなでございます」

「おや、錦絵《にしきえ》の一枚絵にもなったという、呉服町《ごふくちょう》のおきなさんですか」

江戸でも有名な美人を見て、若だんなが四度ほど咳をする。ここで、おきなが父親に怖い顔を向けた。

「おとっつぁん、話をまた、雛小町の事へ戻さないで。あたしは一度だって、雛小町になりたいなんて、言ってやしないのに」

そしておきなは、若だんなをきっと睨《にら》んでくる。小町番付で大関に選ばれた事は、おきなにとって嬉《うれ》しい話ではないようであった。

「もう騒がれるのは沢山。あたしには、とうに決まった相手、染太郎《そめたろう》さんがいるんですよ」

そろそろ祝言《しゅうげん》をと、話しあっていたのだ。そこに雛小町の話が出て、御大名のご側《そく》室《しつ》になれるという噂《うわさ》が立った途端、親が浮かれ出した。美人ならば己の娘が一番と言い立て、勝手におきなが雛小町になるのだと、吹聴《ふいちょう》して回ったのだ。

「おかげで染太郎さんのおっかさんから、家《うち》の嫁にはならない気かって、怖い顔で聞かれたのよ。この後、上手く付き合えなくなったら、おとっつぁんのせいだからねっ」

「その時はおきな、御大名のご側室になればいいじゃないか」

娘が大名家へ嫁いだら、孫が大名になるかも知れないのだ。夢のような話だと、父親は真顔で言い出す。

「まだ、そんなこと言ってるんですかっ」

染太郎が大きな声を出し、わあとおきなが泣きだした。父親が染太郎と言い合いを始め、町名主がまた止めに入る。

「今度は急須《きゅうす》でも、誰かが投げそうですね」

佐助はそう言うと、こんな危ない玄関には置いておけぬと、そうっと子供を抱え上げる。皆で玄関から出た時、後ろから急須ではなく、今度は湯飲みが飛んで来た。

その湯飲みときたら、妖である付喪神《つくもがみ》になっていたらしく、庭へ落ちた後手足を出し、己で立ち上がって走ってゆく。若だんな達は、その様子を雪柳には見せたくないと、慌てて通りへと逃れ出た。

「それにしても、湯飲みや急須、盆の使い方は、色々あるものですね」

「……雪柳様、間違ってもお屋敷で真似《まね》をなさっては、駄目ですよ」

「あら若だんな、駄目なんですか」

真剣に残念ですと言われ、若だんなは総身から力の抜ける思いがする。「きゅわ？」この雪柳の夫は、あの酷く真面目だが、いささか変わっている安居なのだから、かなり並ではない夫婦なのに違いなかった。

「しかし困りましたね。自身番にも町名主屋敷へも、預けられなかった」

不思議な程、間が悪かったものだと、佐助が顔を顰《しか》めている。

「さて、どうしたものか」

子を見ると、疲れたのか佐助の腕の中で眠そうな顔をしている。若だんなも数回咳をしたものだから、皆は慌てて一休み出来る場所を探した。

するとその話を漏れ聞いたのか、通りかかった菜売《なう》りが、道の直ぐ先に、屋台の茶店《ちゃみせ》が出ていることを教えてくれた。ちらと見えた、頰被《ほおかむ》りの下の顔が、河童のように思えた。

若だんなは呟き込みつつ首を傾《かし》げ、仁吉は道の先を見て、笑みを浮かべた。

「おや、ありがとう。本当だ、床机《しょうぎ》が三つ程見えます。座れそうですね」

茶屋の隣には露店の菓子屋があった。そこで饅頭《まんじゅう》を買って皆で落ち着くと、少し疲れていた若だんなは、ほっと息をつく。

「しかし、改めて思ったよ。雛小町はあれこれ、揉め事も起こしているみたいだね」

仁吉が温かい茶を勧めてくる。

「そりゃ仕方がありません。そもそも奥方様がおられる御大名へ、若い町人の娘が側室として、割り込もうっていう話です。波風は、色々立ちましょう」

若だんなは小さく頷くと、饅頭をちぎり、こっそり鳴家に分けた。子供にもあげようとしたが、芥子坊主頭の子は早々に、雪柳の膝にもたれ掛かって寝ている。雪柳は優しくその背を撫でていた。

「それで、これから何とするのですか」

雪柳に問われ、若だんな達は、何故だか町役人へ預ける事が出来ない子を見た。

「仕方ありません。この子、一晩くらいは長崎屋で世話をいたしましょう」

仁吉がそう言うと、雪柳は少しほっとした顔で、愛《いと》おしそうに子を見つめた。

「本当の親御さんが、早く見つかるといいですね」

では一息ついてから、帰ろうと言う話になる。だがその時、菓子屋の横を行きすぎた男が、少し先で急に足を止めると、慌てた様子で戻って来たのだ。

「あんれまぁ、長崎屋の皆さんじゃありませんか。こいつはお久しぶりで」

扇子《せんす》を軽やかに振りつつ、明るく挨拶《あいさつ》をしてきたのは、本島亭場久《ほんとうていばきゅう》という、怪談を得意とする噺家《はなしか》であった。

しかしこの噺家、実は人ではない。その正体は、悪夢を食べる獏《ばく》なのだ。それを承知している若だんなは、少し目を見開いた。場久は正体がばれぬよう、寄席《よせ》の夜席《よるせき》に出る事が多かったからだ。

「場久さん、最近は日中から町に出てるんですか。精が出ますね」

「いやいや、今日は八郎九郎《はちろうくろう》河童から、河童酒に誘われましてね。それで今、こうして夢の中を通って、あいつのいる川へ向かってる訳でして」

「夢の中？　ここが、夢なんですか？」

若だんなの言葉を聞いた場久が、目を河童の皿のように大きくした。それから己も床机に腰を落とすと、顔を寄せ小声で喋《しゃべ》った。

「あの皆さん、夢と承知で、ここに来た訳じゃないいんですか？　今いることは……いつものお江戸じゃありませんや」

昼日中、貘である場久が居るからには、ここは誰かの夢の内だ。昼寝をしているのか、具合が悪くて一日寝ているのか、とにかく誰かが、いつもの江戸に似た夢を見ているのだ。

「つまり、昨日までとは別の場所です」

場久はそう断言する。

「だ、だって……」

「若だんな、元いたお江戸と夢の内じゃ、違いが有るはずです。何も思いつきませんか？」

聞かれて皆と顔を見合わせる。寸の間の後、若だんなが声を上げた。

「あっ、今朝は随分な雨だった。なのに、いつの間に上がったんだろ」

空は晴天であった。その上、大層降った後にしては、道に水たまり一つなかった。江戸の大きな通りは、箱根の山越え道のように、石を敷き詰めてはいないから、強い雨が降れば、てきめん泥道と化す。大事な下駄を抱え、裸足《はだし》で歩く者も出る程なのだ。

「あら、まあ」

雪柳も足下を見て、呆《あき》れたような表情を作る。場久がぽんと額を扇子で叩《たた》き、大きく息を吐いた。

3

「じゃあここは……一体、どこなのかしら」

「若だんな、さぁてね」

場久は夢が居場所故、気楽にここを通っていただけなのだ。だから、場久にも誰の夢かは分からない。

しかし食指が動かぬことを考えると、悪夢とは違うらしい。よって、場久がこの場を食べ、皆を元に戻す訳にもいかないという。

「とにかく、生身の人がいるべき場所じゃ、ない筈ですよ。早く帰られるこった。戻れなくなっても、知りませんよ」

仁吉が顔を顰める。

「簡単に帰れと言うが、来たのも覚えていないのに、帰り道など分からないぞ。どうやって帰ればいいんだ？」

「うーん、夢を見ている主に、目覚めて貰えばいいんですがねぇ。しかし、妙にきちんとした夢ざんすね。今まで夢の内だと、誰も気が付かなかったんだから」

こりゃ、ただの夢じゃないかもしれやせんねと、場久は首をひねる。

「何でこんな夢の内に入ったんでしょ。本当に、誰も心当たりはないんですかい？」

理由が分からなければ、手も打てない。場久がひらひら扇子を振っていると、ここで雪柳が顔を赤くした。

「あの、もしかしたら私が、河童の秘薬を飲んだせいでしょうか」

「おんや、河童が一枚噛《か》んでおりましたか」

八郎九郎河童と親しい場久は、大げさに驚いている。仁吉は眉を顰《ひそ》めた。

「成る程、そいつは考えられますね」

ここは秘薬が見せている幻の中、つまり薬を飲んだ、雪柳の夢の内という訳だ。他の者達まで巻き込んだのだから、今までで一番の、大きな薬効だ。黄色い秘薬を飲むと、人生を賭ける事になるかもしれないと、河童は確かにそう言っていた。

「しかしどうして、薬を渡しただけの若だんなが、巻き込まれたんだ？」

佐助が思い切り不機嫌な声を出す。おまけに段々、若だんなは調子を崩してきている。今も六度ほど咳を続けたのだ。

雪柳は、微《かす》かに震える両の手を握りしめた。

「今いるここが、うつつで無いとは。信じられぬ程の、驚くばかりの薬効でございます」

ここで膝の上の幼子が起きて、菓子屋の饅頭の方へと行く。それに目を向けつつ、雪柳は小さく首を振った。

「何が起こっても、この身一つの事でしたら諦《あきら》めもします。覚悟の上で薬玉を飲んだのですから。ここから出られなくても、自分のやったことです」

しかし、だ。

「長崎屋の方々まで巻き込むつもりは、ございませんでした。ましてや幼子まで」

他の方々だけでも夢から出られませんかと、雪柳は、事を見抜いた場久へ問う。すると噺家は、佐助の袂《たもと》をちょいと引き、皆から三歩ばかり離すと、声を落として言った。

「多分、兄やさん方だけでしたら、外へ出られますよ」

若だんなの袖から顔を出している小鬼達も、懐《ふところ》に入れていけば、一緒にこの場から逃れる事が出来るだろう。二人は力の強い、妖であるからだ。

「でも、残りのお人は無理ですね。あたしには、手が出せません」

この時、話を耳で拾った若だんなが、場久へ声を掛けようとする。しかし、佐助が先に話した。

「場久、外への出方を教えろ。だがお前さんは、ここに残れよ。いざという時、若だんなを助けてくれ。私は一人でゆく」

佐助はこの場から抜け出て、諸事の元である河童の大親分、禰々子の所へ向かうと言い出した。いかにしたら若だんなが薬玉から逃れられるか、その方法を禰々子に、問いただすつもりなのだ。

「えーっ、そんな。あたしがこの場にいても、何も出来ませんてば」

場久が情けのない声を上げる。八郎九郎河童の河童酒を、場久は楽しみにしているのだ。佐助の背後で、若だんなが苦笑を浮かべた。

「佐助、無理をお言いでないよ。私は秘薬を差し上げた者、雪柳さんは飲んだお人だけど、場久さんは関係無いのに」

それでも場久は、兄や達が出られる事を教えてくれたのだから、ありがたい。若だんなが、兄や二人を逃がして欲しいと頭を下げたところ、場久がうめいた。

「ああ、そんなことをなすっちゃ、いけません。これで若だんなを見捨てたら、あっしはろくでなしのようだ」

またばたばたと扇子であおぎ、場久は佐助を見て、仁吉と若だんなを見て、大きくうなだれた。そして……しゃきりと背を伸ばしたのだ。

「分かりました。あたしも男だ、というか、貘です！　暫《しばら》く皆さんとご一緒しましょう」

場久は佐助に、この夢から出て行く道を伝えながら、早く帰ってきて欲しいと、付け加えている。夜になれば、場久には高座が待っているのだそうだ。

しかし佐助が気遣ったのは、貘より若だんなであった。今、七回咳が続いた。もう寝なければならない。

「一時《いっとき》でも早くに帰ってまいります。それまでは仁吉、若だんなを頼んだぞ」

「分かってる」

「きゅわ」

己達に任せておけとばかりに、鳴家が茶屋から離れてゆく佐助へ、袖内から雄々《おお》しく手を振っている。空いた席に場久が座った。

「佐助はこの場所へ帰って来ましょうから、暫くこちらを離れない方がよろしいでしょう。雪柳様、それでよろしいですか。雪柳様？」

仁吉が問うたが、返答がない。隣の床机に顔を向けると、雪柳は目を許す限り大きく見開いて、若だんなの袖口を見つめている。

丁度鳴家達が床机の上へ降り、ほてほてと歩き出したところであった。

「あ、あの。わたくしその、今、変わった者が見えるのですが」

何だか小鬼のように思えると、雪柳は動く事も出来ない様子で語る。若だんなは急ぎ、つまりはその、ここは秘薬が見せている常ならぬ場所故、変わった事もあるのだろうと言い訳した。

いつもならば見えない鳴家が、人の目に映るのだから、本当の事であった。

「あらまあ、そうでございますね。そういえば殿も、薬効によって動く着物や木魚を、ご覧になったと話しておいででした」

「殿？」

夫である安居は、配下の者を持っているようであったが、雪柳に殿と呼ばれているのだろうか。若だんなが安居の話を聞きたいと目を向けた時、側《そば》から「きゅんいー」と、声が聞こえてきた。

見ると小鬼が袖を引っ張ってから、団子や饅頭が並んだ露店の台を見ている。若だんなが笑った。

「どうしたの？　もっとお饅頭が欲しいの？」

「きゅい、芥子坊主、いない」

「えっ」

辺りへ目をやったが、今し方まで菓子屋の近くにいた、幼い姿が見あたらない。雪柳が慌てて立ち上がり、側に出ている露店まで見て回る。しかし、直ぐに若だんなにも、子供が姿を消したことが分かった。

「坊や、どこへ行ったんでしょう。今まで大人しくしていたのに」

雪柳が声を震わせている。仁吉が大通りへ探しに行き、顔を顰め帰ってきた。

「居ません。妙ですね。考えもせず歩いていったにしても、そう遠くへ行けるとは思えないんですが」

芥子坊主頭の子を見なかったかと聞いても、露店の菓子屋は皆、首を傾げている。雪柳が、もっと遠くまで探しに行くと言い出したが、佐助の帰りを待たずこの場を離れる事に、仁吉が戸惑った。若だんなの咳き込む回数が、増えているからだ。しかし若だんなは、立ち上がる。

「仁吉、小さな子を放っておけないよ」

するとここで、横から場久の声がした。

「あのぉ、こんなものが届いたんですが」

場久は何やら模様の入った紙を、皆の前に差し出した。今、子の文使《ふみづか》いが来て、おじちゃんに頼まれたと言い、渡していったらしい。

「おじちゃん？」

広げてみると、とんでもない事が書いてあった。

〝迷惑をかけられたから、仕返しをする。子を返して欲しくば、雛小町選びを止《や》めよ〟

末尾に差し出した者の名はなく、誰からの文なのか分からない。紙の隅に、小さな八角形が書いてあった。

床机の上で、皆が顔を強《こわ》ばらせる。

「何と、あの子は人さらいにあったのか」

しかも対価として金が欲しいのではなく、雛小町選びを止めよとあった。文に目を落とした雪柳が、狼狽《うろた》えた声を出し、若だんなの方へ向く。

「あの、幼い子の無事がかかっております。お願いです。雛小町など選ばないで下さい」

若だんなは懐手をすると、眉を顰めた。

「あの、私が雛小町選びの選者を、辞退することは出来ます。ですが」

人形問屋平賀屋は、御大名へ雛人形を納めねばならない。だから若だんなから辞めると言われたら、商人は他の者を選者に選ぶ筈であった。

「事を取りやめにはしないのですね。幼子が攫《さら》われた事を言っても、駄目でしょうか」

雪柳は言葉を重ねたが、仁吉と場久は無理だろうと首を横に振る。これだけ世間の話題になった雛小町選びを、急に止めたら、本当に選ぶつもりがあったのかと問われ、平賀屋の商いに支障が出かねなかった。

「若だんな、我らはこれから、どう動きましょうか。今日は日限の親分も町名主様も、大いに忙しそうですが」

仁吉が顔を顰める。あの調子では、直ぐには子供の事へ手が回らぬかもしれぬと言うと、若だんなが頷いた。

「間の悪い時に、悪い事が起きたね。これはたまたまかしら。それとも、この夢の中だから、起きるべくして起こったのかしら」

答えは出ない。とにかく子供が拐《かどわ》かされたのは、確かであった。

「私達で何とか、子を救い出そう」

しかし子を助けに行こうにも、誰が攫ったのかすら分からないときている。まずは文と状況から、その相手を突き止めねばならなかった。

「まるで何かに試されているようだ」

若だんなはふと、そう感じて、ちらりと辺りの町並へ目を向けた。

（試されているのは、私か？　雪柳様か？）

（誰が、我らを判断するんだ？　薬玉か？　河童か？）

（何を試されるのか？）

若だんな達は床机の上で、誰が子を攫ったのか、真剣に考えを巡らせ始める。

また咳が出た。若だんなは段々、頭がふらふらしてくる気がしたが、それは黙っていた。

4

佐助はまだ戻って来ていないが、若だんな達は、一つ結論を出した。そして床机から腰を上げ、皆で、大通りを日本橋の方へと向かった。

皆は、中村座《なかむらざ》と市村座《いちむらざ》が建つ、堺町《さかいちょう》と葺屋町《ふきやちょう》を目指していた。

「幼子は中村座にいる。この考え、当たっておりますでしょうか。もし外れたら、あの子はどうなるんでしょう」

雪柳は道々心配のし通しだ。だが場久は、子についてはさほど心配していなかった。

「あの子自身が、恨まれている訳は無し。酷《ひど》い事など、されはしませんよ」

若だんなは頷《うなず》いたが、やはり心配もしていた。子は幼かった。故《ゆえ》に特別虐《いじ》められなくとも、腹を空《す》かせたり、急に具合を悪くしたりするかもしれないのだ。

「きゅんぎー。芥子坊主《けしぼうず》、戻って来たら、一緒に遊ぶの」

鳴家《やなり》だけはとても元気で、勇ましい声を上げていた。

先刻のこと。

若だんな達は茶屋の床机にすわり、どういう者が雛小町《ひなこまち》選びを厭《いと》うか、まず考える事にした。人攫いは、その内の一人に違いないからだ。

一番に仁吉が、一つ名を出す。

「先程町名主屋敷で、喧嘩《けんか》をしていた御仁《ごじん》達。おきなさんと許婚《いいなずけ》の男は、今回の雛小町選びに、腹を立てていましょう」

そんなものが始まったおかげで、親が浮かれ、おきなとその許婚はうんざりする事になった。

「ただ、おきなさん達は、町名主さんに己《おのれ》で文句を言ってました。子供を攫って、事を動かそうとはしないはずです」

次に若だんなが、皆の顔を見る。

「ねえ、日限の親分と一緒に、自身番にいた人達はどうかな」

もの凄《すご》い啖呵をきり騒いでいたから、誰かが余程、腹を立てていたに違いない。そして日限の親分は、その者らと若だんなを、会わせようとはしなかったのだ。

「親分は自身番の奥にいた人が、私と会ったら、一層怒るに違いないと思ったんだよね」

「きゅい、奥にいたの、誰？」

小鬼達が袖内から問うと、仁吉《にきち》が若だんなから雛小町番付を借り、床机上に広げる。上の方に書かれた、大関達を指さした。

「この六人の内の、誰かかもしれません」

仁吉がおきな、おとき、お花《はな》、お竜《りゅう》、お千世《ちよ》、お紺《こん》と、名を口にすると、露店の周りを行き交う者達が、ちらりと目を向けて来た。この六人の内、既におきなは違うという話になっている。

「大関小町のおきなさんは、綺麗《きれい》な方でしたね」

雪柳がそう言うと、菓子屋に居た若い大工が、横から口を出してきた。

「あんた達、小町のおきなさんに会ったのかい。羨《うらや》ましいねえ」

おきなの様子を聞いてきたので、場久はぺらりと、いなせな男と共に居たそうだと言ってしまう。大工が急に肩を落としたものだから、横にいた年配の男が笑い出し、番付へ目を向けた。

「ああ両国《りょうごく》の器量《きりょう》よし、茶屋娘おときさんの名がありますな」

茶屋で働いているから、おときは番付の中でも、一枚絵になったおきなと競うほどに、有名であった。

「でもおときさんは、雛小町になりたいとは、思っていないかもしれないな。先々を約束した相手が、いるって聞くから」

年配の男がそう言うと、道を行く男共が足を止め、野太い不満の声を出す。そこへ更に話を足したのは、近くで汁粉《しるこ》を商っている女であった。

「あれ、みんな、話を耳にするのが遅いねえ。おときさんの相手は、裕福な紅白粉屋《べにおしろいや》のご主人だよ」

ちょいと年上だが豊かだし、おときに甘いとのことだ。相手にはもう舅《しゅうと》、姑《しゅうとめ》がおらず、夫婦になれば、おときは気楽な毎日を送れそうなのだ。ご側室となって御大名のお屋敷へ入るよりも、余程安楽な暮らしだろう。

「まあ、世事《せじ》にお詳しいんですのね」

雪柳が汁粉屋に、本当に感心した眼差しを向けると、途端、三人もの女が足を止め、己らも小町達の事を話し出す。すると更に、立ち止まる者が増えた。

「お花さんは、深川の料理屋、大松屋《おおまつや》の一人娘だろ？　親は一応、雛小町の大関に選ばれて、嬉しいって言ってるみたいだね。けど、それ以上は望んじゃいないかもね」

細っこい糊売《のりう》りは、己の言葉に大きく頷いた。何しろお花はまだ十四だし、跡取り娘なのだ。すると向かいにいた商人が、大松屋は今、急ぎ婿《むこ》を捜していると言い出した。

「ありゃ、そうなんだ」

「お、俺なんかどうかな」

「阿呆《あほう》、大松屋は長屋住まいの振り売りにゃ、用はねえ。お花さんの婿がねは、日本橋の両替屋の息子だそうだ」

誰が知っていたのか、婿がねの名前まで語られ、やっかみ半分の男共が、そいつは顔が悪いと文句を言う。

更に更に。目を丸くする若だんなと雪柳の前で、今度は大関小町、味噌屋《みそや》のお竜の事が語られた。雛小町の話が出た時、武家奉公から、そろそろ親元へ戻る話が出ていたそうだ。

ところがここに来て急に、お竜の奉公は延びたと、年配の女が言う。

そして、また。

「そうだ、神田の棟梁《とうりょう》の娘お千世さん、具合が良くないってよ」

「えええっ、そんなぁ」

若い男が二人、この世の終わりが近いと聞いたかのように、悲痛な声を出す。お千世は何でも棟梁自身が建てた、知人の根岸《ねぎし》の寮で静養しているらしい。

「おんやぁ、すると雛小町になるのは、残った一人、お紺さんかねえ」

場久が楽しげに扇子であおぎ、周りを囲んでいた者達がどよめいた。

だが女が三人、さっと場久の方へ向き、これだから男は間が抜けていると、薄笑いを浮かべたのだ。

「お紺さんは綺麗よ。おとっつぁんは大きな寺子屋《てらこや》をしているけど、そう裕福にはみえないし。雛小町に選ばれて御大名のご側室になったら、大出世だわねぇ」

しかし。女三人は、わざとのように声を落とした。

「今朝方、怖い顔をしたお紺さんが、どこかへ歩いていくのを、見たって人がいるんだわ」

「あれ、どこへ顔を出したのかね」

「あたしゃ知ってるよ。岡っ引きの親分のところさ。ほれ、最近赤子を貰《もら》って、親馬《おやば》鹿《か》丸出しで育ててる、あの親分だよ」

「……日限の親分ですか」

「若だんなさん、そう、その人！」

　だが珍しくも、お紺が親分の所へ何をしに行ったのか、知っている者はいなかった。だが先刻、若だんな達はお紺が向かった自身番で、もの凄い啖呵を聞いている。

（事情は分からないけど、自身番に居たのは、お紺さんだったみたいだ）

　六人の大関小町の話題が尽きると、道に集まった者達は黙りがちになり、じきに人の輪も崩れた。やがて若だんな達だけになった時、ぽつりと雪柳《ゆきやなぎ》が口を開く。

「本当に驚きました。皆さん、人様の御事情に詳しいのですね」

「雪柳様、そりゃ話の種が美人で、金や出世が絡《から》んでるからですよ」

　しかし興味深い話を聞いたと、場久が笑う。

「小町番付の大関達は、選ばれた事を大して、喜んじゃいなさそうだ」

　勿論《もちろん》、美しいと言われるのは、皆嬉しいに違いない。だが。

「そもそも江戸でも、数人の内に入る程の美人達だ。さっき教えてもらった話によると、既に良縁が山と来てるみたいですねえ」

だからか六人の娘は大関になっても、今一つ盛り上がってはいないらしい。いや、迷惑に思う者もいるようであった。

ここで仁吉は、少しばかり黒目を細くする。

「雛小町番付は、平賀屋《ひらがや》達が勝手に作ったもんです」

子供を拐かすまでもない。他に良縁があるなら、己は外してくれと、皆、言える筈《はず》であった。若だんなも頷く。

「平賀屋さんだって、相手と揉《も》めてまで、雛小町に選ぼうとはしないだろうね」

本当に、大名から雛小町をご側室にという話が出た時、嫌だと断られたら、一大事だからだ。

「つまりこの六人、人攫いとは関係無いみたいだ」

若だんなが番付を見つつ、はっきり口にする。雪柳が、少し戸惑うように言った。

「となるとわたくし共は、振り出しに戻ったのでしょうか」

だが、仁吉は首を横に振る。

「大いに怪しいと思った小町達が、人攫いではないと分かったんです。無駄ではありません」

となれば他の、雛小町選びが余りにも話題になったせいで、割りを食った者を考えればいいのだ。

「例えば……人が入らなかった見せ物や、売れなかった他の番付かな」

皆が娘の着物を買ったため、金を節約され、売り上げが落ちた店も考えられる。

「げほっ、でも、数が多そうだね」

さて、どうやって絞り込もうかと、若だんなが顔を顰める。雪柳が必死の表情で、もう一度、届いた文へと目を落としたが、しかし何度読んでも、短い文から新たな手がかりなど摑《つか》めない。

迷惑をかけられたから、仕返しをする。

子を返して欲しくば、雛小町選びを止めよ。

文にあるのは、ただそれのみだ。皆も黙り込んでしまった。

やがて、雪柳の目から、ぽろりとこぼれるものがあった。

「私は……病で二人の我が子を失いました。この夢の内でまで、子を失うのは耐えられません」

だが直ぐに己で唇を嚙み、涙を止める。

「泣いている場合ではありませんよね。考えなくては。何としても、手がかりを見つけなくては」

するとその時、鳴家達の目が、いっせいに横へ向いた。

「団子をおくれ」

そういう声と共に、振り売りが荷を道の端に下ろしたのだ。

「団子ぉ」羨ましげな顔が、振り売りを見つめる。だが鳴家達はじきに、何度も首を傾げ始めた。それから若だんなの着物を、引っ張ったのだ。

「なんだい?」

鳴家達が指し示す方を向くと、小柄な端布《はぎれ》売りがいて、荷を置いて団子を食べている。訳が分からずまた鳴家を見ると、小鬼は先程の文の端へ、小さな手を載せた。

それから、もう一度端布へ顔を向けたので、若だんなもじっくりとそちらを見た。

するとそこに、どこかで見たような模様を見つけたのだ。

「あの端布! 脅し文にあった八角模様と似ているよ」

すると、横にいた場久も扇子で掌《てのひら》を打った。

「ありゃ芝居の、中村屋の定紋《じょうもん》ともそっくりだ。隅切《すみき》り角に逆さ銀杏《いちょう》の、八角ですよ」

若だんなも頷きつつ、小鬼を抱き上げる。皆が考えにつまり、動けなくなった途端、新たな手がかりが現れた訳だ。

「ま、まあ、嬉しい」

「おやおや。驚く程都合良く、事の糸口が出て来たものだ」

喜ぶ雪柳の横で、仁吉は口元を歪《ゆが》め、遠ざかってゆく端布売りを見つめる。ひょいと立ち上がるとその後を追おうとしたのだが、その時突然、足下を揺るがすような、どん、という地響きがしたのだ。仁吉は若だんなを庇《かば》い、店内でうずくまる。

その間に端布売りは、姿を消してしまった。

5

堺町と葺屋町、二つの芝居小屋が建つ町の名は違うが、中村座と市村座の場所は隣り合っている。若だんな達は、その芝居小屋の前、賑《にぎ》わう通りにまでやってきていた。文の隅にあった八角が、中村屋の定紋であるのを知り、子を拐かした者は中村屋と縁有りと見定めたのだ。

今は芝居がかかっているから、小屋前の道は人の行き来が絶えない。口上《こうじょう》が聞こえ、武士も町人も男も女も、大勢が集まっていた。

しかし、芝居見物に浮かれる人々の中にあって、若だんな達はいささか渋い表情を浮かべていた。特に仁吉は、不機嫌だ。

「この場所へ来て、良かったんでしょうかね」

自身番にも町名主屋敷へも、何故《なぜ》か頼れなかった。そうかと思ったら、大関になった雛小町達の話は、屋台の茶店に座っていたら、聞かぬ事まで周りの人に教えて貰えた。

「その後、考えに詰まった途端、八角模様の端布売りが、同じ菓子屋に来ました。わざとらしい気がするんですよ」

まるで将棋の指し手が止まると、誰かが横から、強引に駒《こま》を動かしているかのようだと、仁吉は言うのだ。若だんなも、これが河童《かっぱ》の秘薬の薬効なのかなと、首を傾《かし》げている。

「昔、黄色い秘薬を飲んだ狐《きつね》の娘は、幸せになったんだよね。でも禰々子《ねねこ》さんは、秘薬を飲むと、人生を賭《か》ける事になるとも言った」

そして今、薬を飲んだ雪柳は、この夢の中でも子を失いかけ胸を痛めている。だがそれでも諦めず、何とか幼子を取り戻そうとしていた。

つまり。

「あの秘薬を飲むと、夢の中で試されるのかもしれない。多分薬を飲んでも、それだけじゃ、事は叶《かな》わない訳だ」

薬を飲んだ者は、手にする運にふさわしい程、頑張らなくてはならない。子を失った心を癒《いや》そうと思ったら、夢の内で幼い子を、取り戻さねばならぬのではないか。

それが出来なければ、雪柳は幸せになれないし、若だんな達は元へ戻れない気がする。何しろ河童の秘薬は、人生を賭けねばならない代物《しろもの》なのだ。

するとした混み合う道で、若だんなの言葉を聞いていた仁吉が、目を針のように細くした。

「成る程。では何としても戻って、秘薬を下さった禰々子殿と、一回じっくり話をしなくてはなりませんな」

河童の甲羅を取り戻した礼が、こんな苦労だとは恐れ入ると、仁吉は怒っているのだ。そもそも若だんなは巻き込まれただけで、秘薬に願い事すらしていないのに、元の江戸に帰れずにいる。おまけに先程から、具合が悪くなってきていた。

仁吉の怒りは河童に向かったが、若だんなは別の考えを、思いついた。

「けふっ、ねえ兄《にい》や。秘薬が見せてる夢が、私達を試してるんなら、まだ他にも、手がかりが見つかるんじゃないかな」

中村座へ来ると、座の正面の屋根に、隅切り角に逆さ銀杏、八角が見えた。屋根にある大きくて四角い櫓《やぐら》に、例の中村屋の紋を染め抜いた、櫓幕をめぐらせてあった。仁吉によると上にある櫓は、そこへ神様に来て頂き、一日芝居を楽しんでもらうための場所なのだという。

しかしいくら八角を見ても、この先どうしていいのやら、やっぱり分からない。

芝居小屋は、間口が十二間ほどもあり、それは大きかった。正面で呼び込みをしている木戸芸者達の脇《わき》には、平土間への入り口、鼠木戸《ねずみきど》が見える。だが、あそこから芝居小屋へ入っても、客席に子供がいるとは思えなかった。何しろ秘薬は、人生を賭ける事を求めているらしいからだ。

「この小屋に、あの子を隠しているとしたら、奥の楽屋ですかね」

他に、隠し場所など思いつかないと、仁吉は言う。だが楽屋といっても広そうであった。おまけに、関係の無い者は、その奥へは入れまい。若だんなは子の事を口にしようとして、少し眉尻《まゆじり》を下げ、雪柳を見た。

「しかし、子の名が分からないと、話しづらいですね」

「ええ。仮の名でも、付けてあげれば良かった」

その時またもや地響きがして、辺りが揺れ、小屋前にいた大勢がどよめいた。仁吉が若だんなを背後から庇いつつ、眉根を寄せる。

「何だか、段々揺れが大きくなってきていますね。剣呑《けんのん》な話だ」

早く佐助と禰々子が、事を収めてくれればいいのだがと言い、仁吉は顔を顰めている。若だんながひょいと、連れに問うた。

「ねえ場久さん、ここが雪柳さんの薬玉の夢だとして、このまま目覚めなかったら、私達はどうなるの？」

「さ、さあ。普通生身の人は、他人の夢の中にはいないもんでしてね。あたしにゃ、答えられねえです」

もしかしたら、何かの拍子に、元へ戻れるかもしれない。

「だがひょっとしたら、すっぱりお陀仏《だぶつ》かも」

「きょげーっ」

驚いて袖内《そでうち》で大声を上げたものだから、鳴家が仁吉に頭をはたかれる。すると袖から落ちそうになって仰《の》け反《ぞ》り……空へ向いた鳴家が急に黙った。それから急いで、若だんなの腕へ手を掛ける。

「どうしたの？」

鳴家はちょいと首を傾げ、櫓を指さしている。

「河童」

全員、屋根を見上げ、目を見張った。そこに、何故だか二匹の河童がいたのだ。河童達は芝居小屋の屋根で、高い櫓の囲いの中へ、幼子を入れようとしていた。

「何と、子供を見つけたよ！」

神の座である櫓の幕の裏に、子を隠そうとしていたのだ。あんな所に消えられては、とても見つけられなかったに違いない。場久が息を吐いた。

「たまたま鳴家が見つけて、幸運ざんした」

「たまたま、かね」

仁吉はまた口元を歪め、屋根を見た。それから、高い所へも登れる鳴家へ目を向けたが、小さな三匹ではとても、人の子を担《かつ》いで下ろす事は出来そうもない。

妖《あやかし》の仁吉であれば、屋根には簡単に登れるだろうが、これほど大勢が集まっている芝居小屋の前で、長崎屋の手代が、そういう目立つ事は出来ないと口にした。

一見まともなこの江戸でそれをやったら、賊《ぞく》と間違えられ、捕まえられてしまいそうであった。

「さて、いかにしましょうか」

その時、雪柳がきっぱり言った。

「わたくしが登ります」

おなごが一人で屋根へ行けば、頭がどうかしたと言われはしても、まさか賊だとは思われまいという。

「そりゃ、無茶だ」

場久は呆《あき》れたが、雪柳は何としても、芥子坊主頭の幼子を連れ戻すという。

「ああ、芥子坊主頭の子などと、言いづらい。あの子は……そう、義之助《よしのすけ》と呼びます」

安居《あんご》と雪柳は、もしもう一人男の子が生まれたら、そう名付けようと決めていたそうだ。

すると、ここでまた大きく地面が揺れ、地震だと言って、道にいた大勢が声を上げた。その時、佐助の声も聞こえたような気がして、若だんなが辺りを見回す。何故だか一緒に、おなごの声を耳にした気がした。

「こんな揺れが続いたら、義之助があの高い櫓から、落ちてしまいます」

雪柳が本気で芝居小屋へ駆け寄ろうとするのを、今度は若だんなが必死に止める。

「義之助という名は良いですね。しかし雪柳様が屋根に上がるのは、無理ですよ」

実際、芝居小屋の屋根は、並の二階建ての建物よりもずっと高く、大きな梯子《はしご》を立てかけねば、とてものこと登れそうもない。おなごでは、屋根に立つ事も難しいだろう。

「でも、上に義之助がおります」

そこに、仁吉が割って入った。

「これだけ人出があるんだ、鳶《とび》を捜しましょう。苦しい言い訳だが、子が屋根に迷い込んだと言って、上を見て貰えばいい」

芝居が終われば、櫓の幕を取る為《ため》、人が上に行く筈であった。だから鳶であれば、屋根の上でも動けて、子を下ろせるに違いない。仁吉に整然と言われて、顔を強ばらせていた雪柳も、ふっと肩の力をぬいた。

若だんなが一つ息をつき、また少し咳《せ》き込んだ。場久が鳶がいないか、大きな声で辺りの人々に聞き始める。これで鳶が見つかれば、何とか事を収める見通しが、つくかもしれない。

だが。若だんなは不安を覚えた。

（今、屋根に子供を引き上げたのは、河童だった。それが気になるじゃないか）

やはり河童の妙薬には、河童が潜むのだろうか。若だんなは屋根へ顔を向け……咄《とっ》嗟《さ》に頭を抱えてしゃがみ込んだ。この時また、雷とも違う大音響が、芝居小屋辺りの地を打ち付けたのだ。

「ぎゅわーっ」

鳴家達が悲鳴を上げ、一帯が大きく揺さぶられる。

「大地震だっ」

今回の揺れは酷く、小屋から名題《なだい》看板や絵看板が外れ落ち、下にいた客達が金切り声を上げて逃げる。並んだ提灯《ちょうちん》が揺さぶられ、凧《たこ》のようにくるくると動いたものだから、火の入っていない昼間で良かったと、若だんなは胸をなで下ろした。

しかしほっとした途端、「ひあっ」という妙な声が、横から聞こえて来たのだ。見れば揺れる中、雪柳が屋根を見つめたままで、立ちすくんでいた。

視線の先を見て、若だんなの顔も強ばる。芝居小屋の屋根は崩れていないのに、どうした弾みか櫓が傾き、表に張った幕が、取れ掛かっていたのだ。

そしてその幕の下から、子供の足がはみ出しているのが分かった。

「義之助っ、ああ、危ないっ」

櫓は屋根から、せり出すような形で付いており、そこから転げると、下の庇《ひさし》へ落ちるか、張られた幕の上にゆくか見当がつかない。下手をしたら先に子供が落ち、その上に重い木組みの櫓がのし掛かって、押しつぶされてしまうかもしれなかった。

「義之助っ、義之助っ」

櫓からもがき出た義之助が屋根を転がると、仁吉が止めたにもかかわらず、雪柳が駆けだした。死にものぐるいの表情で、義之助の下へ駆けていったのだ。

「危ない、櫓が落ちますっ」

若だんなが考える間もなく後へ続くと、仁吉が「わあっ」と声を上げて、背後から来る。

「ああ皆さん、何でまた危ない方へっ」

場久《ばきゅう》の泣きそうな声が聞こえた。だが不思議な事に、「畜生」という場久の声は遠ざからず、反対に近寄ってくる。

「落ちるっ」

雪柳は悲鳴を上げたが、義之助は少し下の庇に引っかかった。大声で泣き出したから、大丈夫、息はある様子だ。

すると。

この時何故だか空から、男と女の大声が聞こえてきたのだ。そして直《す》ぐに、また突き上げるように地面が揺れる。今回、思い切り転んでしまった若だんなは、その拍子に、先から続く地震の原因が分かった。

「痛……今の声、佐助と禰々子さんだ。二人は大喧嘩をしてるんだ」

犬神である佐助は、拳《こぶし》の一撃で家を簡単に揺らす。噂《うわさ》に聞く禰々子は堤を殴りつけ、利根川《とねがわ》の化身《けしん》坂東太郎《ばんどうたろう》の顔を、蒼《あお》くした事があるという。

互いに本気で地へ拳を振るえば、夢の内で地震さえ起きるに違いない。その言葉を聞き、仁吉が顔色を変えた。

「佐助の阿呆、河童と何をやってるんだ。……若だんなっ、右へ避《よ》けて下さいっ」

仁吉に引っ張られたと思ったら、その跡へ、屋根から天水桶《てんすいおけ》が降ってきた。辺りから悲鳴が上がる。咳き込んで仁吉を見ると、更に顔が引きつっていた。

「若だんな、櫓が落ちます」

その叫びを聞き、雪柳が顔を覆《おお》う。そうしている間にも、重そうな櫓は賽子《さいころ》のように屋根で転がり、庇の上にのしかかった。すると庇が一部崩れ、載っていた義之助が倒れる。そのまま落ちるかに見えた。

「助けてっ」

声と共に、小屋の上から木片が跳ね落ちて、若だんなの側《そば》に降ってくる。見ればその木片に、どこかで見たような、言葉が書いてあった。

『お願いです、助けて下さい』

櫓にいた間に、あの幼子、義之助が書いたのだろうか。

それとも河童が、若だんな達を子供の所へ導く為、次の手がかりとして書いたのか。

五月十日と書いたのは、河童なのかもしれない。

とにかく以前若だんなが手にした、救いを求める木札は、これであった。

(救いを求める声は、夢の内から来たんだ)

呆然《ぼうぜん》として、庇に落ちた櫓を見る。義之助は庇からも半分落ちかかっていたが、小屋前にあった酒樽《さかだる》が崩れて転がり、怪我人《けがにん》が出ている様子で、誰も義之助を助けるどころではない。そして更に櫓は、地面まで崩れてきそうであった。

「若だんな、早く離れて下さい」

仁吉が腕を引く。

「お願いです、この危ない場から、離れて下さい。今日はいったい、どうなさったんですか」

「だって……ここから逃げたら、男じゃないもの」

若だんなは、もう子供ではないのだ。弱くて、今日も咳をしていて、己でも情けないと思う。だが。

「それでも、私は子供じゃない！」

若だんなを摑んでいた仁吉の手が、一寸《ちょっと》ゆるむ。こんな状況でも男達が何人か、芝居小屋前で倒れている人を救い出していた。

みしりと音がして、また櫓が傾く。

庇が揺れ、いよいよ義之助が落ちた。

「わあっ」

若だんなが咄嗟に、必死の表情で駆けだした。義之助は庇の前に張ってあった幕へと倒れ込み、何とかそれに摑まろうとしている。雪柳が幕の下へ動いた。若だんなと仁吉が、そこへ駆け込む。仁吉は二人を、その身で庇《かば》った。

その時、若だんなが庇を見上げた。

櫓が庇を壊し、木っ端をばらまきながら落ちて来るのが目に入った。

6

目を開けると、そこはいつもの、長崎屋の離れであった。

ふかりとした布団《ふとん》に寝かされており、心配げな顔をした屛風《びょうぶ》のぞきと鳴家達、それに鈴彦姫《すずひこひめ》や金次《きんじ》までが、こちらを覗《のぞ》き込んでいる。

（ああ、死ななかったんだな）

若だんなはほっと一つ、息をついた。正直な所、頭の上に櫓が降ってきた時は、もう駄目かと思ったのだ。

（黄色い薬は、人生を賭ける事になる）

自分で飲みはしなかったが、河童から秘薬を貰ったのは、若だんなであった。きっとそれで、思い切り薬効に巻き込まれたのだろう。

（雪柳さんも、助かったんだろうか）

命がけで義之助を助けに行ったのだから、無事であって欲しいと思う。いや、それだけでなく、古《いにしえ》の狐の娘のように、幸せを手に入れていればよいがと願った。寝がえりをうつと、堅い物が当たったので、手に取ってみる。それは例の、『お願いです、助けて下さい』と書かれていた木札であった。だが、しかし。

「あれ……字が消えてる」

その時、部屋がずしんという音と共に揺れて、若だんなは布団の中で、一瞬顔を顰《しか》めた。夢の内が随分揺れていたので、当分地震には遭いたくなかったのだ。

しかし、また直ぐに揺れたので、並の地震ではないと分かり、若だんなは体を起こす。見れば庭で仁吉と佐助、それにいつぞや会った禰々子が、まれに見るようなもの凄い喧嘩をしていた。

「うわぁ、これは凄い」

そういえば、兄や二人が真剣に争っているのを、若だんなは見た事がなかった。庭の松が、根元近くから見事に折れている。さすがに怖いのか、妖達は誰も三人に、近づいたりしていなかった。仁吉が珍しくも、怒鳴り声を上げる。

「佐助の大間抜けっ、阿呆がっ。若だんなを殺す気か」

佐助と禰々子の大喧嘩のせいで、夢の内にあった櫓が落ち、若だんなは潰《つぶ》されるところであったのだ。夢の中で死んでいたら、戻って来られたかどうか分からなかった。

ここで佐助が言い返した。

「ああ、私はなかなか禰々子の唐変木《とうへんぼく》を、説得出来なかった。それは反省する」

だが。

「そもそも夢の内で、どうして若だんなが、危ない所へ行ったのだ？」

仁吉に託して夢から出たのに、若だんなを守れなかったとは情けない。佐助がそう言うと、目を吊《つ》り上げた仁吉がもの凄い一撃を食らわし、夢の内のように辺りが揺れた。

しかもその二人へ、不機嫌な顔の禰々子が拳を突き出し、更に事をややこしくする。

「あのなぁ、誰が唐変木なんだって？」

今にも三人の大喧嘩が、一層凄いものに化けようとしていた。鳴家達が「きょぎーっ」と悲鳴を上げ、影の内に逃げ込んだ時、若だんながのんびりと三人へ声を掛ける。

「あのねえ、聞いておくれ。私は雪柳様と安居様の本当の名が、分かったみたいだ」

途端、三人が動きを止め、離れの寝間へ目を向ける。

「安居様って、広徳寺にいた、あのちょいと間抜けなお侍だよね？」

禰々子がそう言うと、仁吉も問うてくる。

「雪柳様は、どこの誰なのか、おっしゃらないように気を付けておいででした。なのに、分かったのですか？」

若だんながにこりと笑い、お茶が欲しいと言うと、佐助がさっさと喧嘩から抜け出し、長火鉢《ながひばち》の所へゆく。仁吉は母屋《おもや》へ向かい、茶菓子を取ってきたものだから、呆れた禰々子は喧嘩が出来なくなる。

「やれ、根性のない兄や達だよ」

だが仁吉が持って来た木鉢に、ふっくらした草餅《くさもち》と花林糖《かりんとう》があるのを見ると、禰々子は大きく一つ、息をついた。それから苦笑を浮かべると、縁側で茶を飲む事にしたようだ。

若だんなは菓子と茶をたっぷり貰うと、さっそく現れた妖達にも、菓子を分ける。それから離れで茶を飲み始めた皆に、二人について考えた事を語り始めた。

「まず、安居様と雪柳様はお武家だ。そしてお二人の家は、なかなか名家だと思えた。雪柳様が安居様の事を、殿と呼んでたからね」

武家の呼び名は、身分によってきちんと決まっている事が多い。どの立場から、誰を呼ぶかによっても違う。つまり大した身分でもないのに、殿とは呼ばれないのだ。

「それで今回の夢だけど、勿論黄色い河童の秘薬を飲んだ、雪柳様が見た夢だよね」

その中に出て来たもので、一番目立ったのは、義之助であった。雪柳はあの子供を助ける為に、落ちてくる櫓の下へ飛び込んだのだ。

「そしてもう一つ、とても沢山出て来たものがあった」

最後まで共にいた仁吉へ問うと、一寸首を傾げる。だが直ぐに答えた。

「もしかして、雛小町のことですか？」

「勿論、今お江戸はその話で持ちきりだ。でも夢の中なんだもの。芝居や着物の話が現れても、不思議じゃなかったのに」

なのに雪柳の夢には、小町達が現れてきた。つまり雪柳は雛小町の大関達を、とても気にしていたのだ。

「あ……」

察しの良い仁吉が、早くも答えを得た様子で、小さく頷いている。だが禰々子は、はっきり言わないと分からないよと言い、顔を顰める。そして草餅を食べつつ、若だんなにちゃんと名を言えと迫ってきた。

「雪柳様は、お子を病で二人失っていた」

そして、背《せ》の君《きみ》がいるのに尼になりたいと言った。だが、次の子の名を、その夫と話したりしている。

「雪柳様と安居様は、仲が良い。なのに雛小町のこと、気にしてました。多分、御大名のご側室になると噂だったからです」

つまり。佐助が目を見開いて頷いた。

「あのお二人は、平賀屋が雛人形を納める御大名と、奥方様であられましたか」

それで安居は広徳寺で、本名を語らず雅号を名のったのだろう。大名が他出先で、一人出歩いていたとなれば、近習《きんじゅ》が責任を問われかねないからだ。

今回、雪柳が長崎屋に一人で来たというのは驚きだが、多分既にあの時、皆は夢に取り込まれていたのだ。

「あ、雪柳様は跡取りであった我が子を、失われたのですね。それで新たに側室を取るという話が出て、雪柳様は尼になると言いだした」

大名家であれば、当人らの好き嫌いだけでは、済まない事も多いのだろう。しかし、惚《ほ》れた伴侶《はんりょ》を護《まも》りたいというのも、また人の心であった。

そして雪柳は今回、迷子の内に、亡《な》くした己の子を見ていたのだろうか。七つまでは神の内と言われるほど、子が亡くなる事は多い。それでも失えば、母は心をかきむしられる。若だんなは己の手へ、目を落とした。

(おっかさんは昔、私をこの世に引き戻す為に、反魂香《はんごんこう》を使った……)

雪柳は何を願って、あの河童の秘薬を飲んだのだろうか。

「結局秘薬は、どんな幸せを、その雪柳様へもたらしたんだ？」

夢の内で子を助け、心が落ちついただけかと、花林糖を食べつつ禰々子が聞いてくる。若だんなはにこりとした。

「多分、雪柳様の悩みが消えるのではないかと思います」

雛小町は選ばれるが、その人がご側室として入ることは、なかろうというのだ。小町達の方も、それでほっとすると思われた。

禰々子は一つ、首を傾げる。

「河童の御利益《ごりやく》で、ご側室を大名家へ入れるっていう話が、消えるって事だよね。でも、どうしてそうなるって、分かるのさ」

すると花林糖を一つ囓《かじ》りつつ、若だんなが笑う。

「推測ばかりで、確証がないので、今は言えません。でもきっと、もうすぐ分かると思うのですが」

何故なら離れへ戻ってきた時、件《くだん》の木札に書かれていた言葉が、消えていたからだ。助けを求める言葉も、五月十日という日付も、綺麗に失せていた。若だんなは、困りごとが消えるから、そうなったに違いないと思っている。

「ぎゅい？」

その時、禰々子や鳴家は、首を傾げて終わった。夕餉《ゆうげ》は皆で賑《にぎ》やかに食べ、若だんなの手前、兄や達と禰々子は仲直りをして別れた。だが若だんなは次の日から、しっかり高熱を出す事になってしまった。

そしてしばし後、皆にも秘薬の幸運が何か、分かる時が来たのだ。

若だんなが雛小町を選ぶ前にと、長崎屋へ知らせが入った。

雪柳は次の年、また母になることになった。よって、側室の件は白紙になったらしい。

「おめでたいこと」

これこそ、河童の黄色い秘薬がもたらした、大いなる幸せであったのだ。

「きゅんいー」

鳴家達が、嬉《うれ》しげな声を上げる。

若だんな達は離れで、生まれてくるのは男の子、義之助だろうと話し、寛朝《かんちょう》に頼み祝いを贈る事にした。

(もう赤ん坊が、母から離されずに済みますように)

赤子《あかご》へ沢山反物《たんもの》を用意し、産着《うぶぎ》に付ける背守りを、皆で選ぶ事にした。河童や寛朝様や、狐達がお仕えしている稲荷《いなり》神様に頼んで、それは強く赤子を守る、特別な背守りを用意したのだ。

(どうぞどうぞ、夫婦と子が幸せになりますように)

相手は大名とその奥方様であった。もしかすると二人には、もう一生会えないかもしれない。雪柳が屋敷に籠《こ》もっていると言っていたが、大名家の奥方は、参詣《さんけい》すら名《みょう》代《だい》を立てることも多いと聞く。

夢の内でもなければ、気軽に表を歩けはしない人であった。町人が気楽に行き会う事は、多分、二度とないのだ……。

それでも。

「跡取りのお子が生まれたら、離れで勝手に、祝いをしましょうか」

佐助がそう言うと、離れの皆が、嬉しげに笑った。その内、河童酒を届けると、場久が八郎九郎河童を介して、禰々子からの文を届けてくる。

佐助がその文を見て、そう言えば戦いの決着がついていないと、眉をしかめていた。

仁吉は、各所から集まった特製の背守りを効き目別に分け、目録を作っていく。

「こちらの赤い鍾馗《しょうき》様は、流行病《はやりやまい》に効くそうです。こっちの犬張子は、疳《かん》の虫《むし》撃退用です」

「背守り、きれい」

色とりどりの背守りを見た鳴家達が、さっそく手に取り、嬉しげな顔で背負うと、離れを駆け回り始める。

「あ、こらっ。勝手に持ち出しては駄目だ。若だんな、鳴家を止めて下さい」

「あれあれ、鳴家が背負うと、背守りが大きくて甲羅みたいだ。綺麗な色の河童に見えるね」

明るい色が部屋に散らばり、何とも華やかだ。きゅわきゅわと、嬉しげな声が立った。

(どうぞ、みんなが幸せになりますように)

何だか楽しいから今宵《こよい》、前祝いをしようと、妖達が勝手に決める。皆は早々に、宴会の支度を始めた。

お馴染まない一席

柳家喬太郎

えーお付き合いを願います。

毎度噺《はなし》に出てまいりますのは八っつぁん熊《くま》さん大家さん、人のいいのが甚兵衛《じんべえ》さん、馬《ば》鹿《か》で与太郎……ってんですが、これが『しゃばけ』になりますと様子が違ってまいりまして。屏風《びょうぶ》のぞきに鈴彦姫《すずひこひめ》、獏《ばく》に鳴家《やなり》に貧乏神、おまけに河童《かっぱ》てんですから、穏やかじゃない。

ところがこの連中が、愛敬《あいきょう》があるてぇか、ちょいと間抜けといいますか、どうにも親しみ易い妖《あやかし》で。鳴家なんざ、二三匹飼ってみたいくらいなもんです。

どうもそういうところが、我々の生業《なりわい》と致しております落語と相通ずるところがあるような気が致します。愛すべきキャラクターが多く登場するところ、物語がなんとはなしにふんわりしているところ。

いやもちろん、そればかりじゃありません。我々が高座で申し上げます演目に、滑《こっ》稽《けい》噺ばかりじゃなく、人情噺ってのがあります。人情噺てぇますと、聴いていてホロリ涙がこぼれるような物語をご想像になるかと思いますが、なに、そうとばかりは限らない。非道な輩《やから》が現れて、やれ人を騙《だま》したり殺したり。聴き終わっても涙一粒出やしないような物語も、人情噺にはありますんで。

そこに出てくるピリッとした登場人物のような連中も『しゃばけ』の中におりますな。表題作の『ひなこまち』なんぞはそうしたお話で、世に悪党の種は尽きまじ……なんてぇますが、いやはやどうも、今も昔も変わりません。

滑稽噺に対しての人情噺てぇお話を申し上げましたが、その伝で申しますと、広い意味では怪談噺も、人情噺の範疇《はんちゅう》と申してよかろうかと存じます。もっとも落語になりますと、『お菊の皿』とか『へっつい幽霊』『化物使い』なんてんで、ちょいとお笑いがかってまいりますが、本格の怪談もありまして、『怪談牡丹燈籠《ぼたんどうろう》』ですとか『真《しん》景累ケ淵《けいかさねがふち》』『怪談乳房榎《えのき》』『江島屋怪談』なんというのが、有名どころでございましょうか。

そうした味わいも共通に味わえるのが『ばくのふだ』。面白く楽しい中にピンと張りつめた緊張感。こりゃあ格別のものでして、寄席《よせ》でも、そうした噺を聴かせて下さる師匠の芸には、知らず知らず身を乗り出します。

それにしても、場久《ばきゅう》師匠って方は、あたしも噺家ですからお気持ちは分かるしお気の毒だが、ちょいと一言余計な御仁ですな。ちゃんとした師匠についてりゃあ、お小言の一つも頂けるところなんですが……もっとも本島亭《ほんとうてい》の師匠には寛朝《かんちょう》様がついてますから、心配はいらないかもしれません。不思議の謎《なぞ》解きには、若だんなの力も借りられますし。

さぁこの若だんなですよ。ね？ 若だんな。ぇぇ、若だんな。大阪弁で言うと、若だんなだんな、でんな。あ、違いますか？

落語のほうに出てくる若だんなってぇますと、大概は道楽者と決まっておりまして。仕事もせずに遊んでばかりで、のべつ大だんなからお目玉をくらってる。『七段目』『たいこ腹』『よかちょろ』『二階ぞめき』なんて噺に登場致します。道楽が過ぎて勘当になって『湯屋番』『舟徳』『唐茄子《とうなす》屋《や》政談』などで活躍を致します。

そこへいきますと『しゃばけ』の若だんなには、店の金を使い込んで道楽三昧《ざんまい》……なんてところはありませんから、親御さんは安心で。もっとも、遊び歩きたくたって、ことのほか虚弱ってんですから遊び歩けないのも仕方がない。それに佐助《さすけ》さんや仁吉《にきち》さんの目もありますからな、あのお二人は頼もしくも有難くも、ちょいとおっかなくもありますからねぇ。

ただ弱々しい若だんなってんなら『崇徳院《すとくいん》』や『擬宝珠《ぎぼし》』って噺にも出てきますが、智恵《ちえ》があって人のために何かしようなんて若だんなは、落語のほうには、そうはいません。『明烏《あけがらす》』の時次郎ともちょいと違う。『ろくでなしの船簞笥《ふなだんす》』なぞで見せた智恵、『河童の秘薬』で出した勇気に行動力。落語に出てくる若だんなをみんな並べて、見習わせたいくらいのもんです。もっとも、噺の若だんなが、みんなそういう人になっちまったら、落語にならなくなっちゃって、あたしら噺家はおまんまの食い上げになっちまいますが……。これでお体の加減がもう少し良くなったら……いえ、虚弱がもう少し健康に向かって、いいお嫁御でも貰《もら》われたら、長崎屋さんのいい跡継ぎになりましょう。

そうなったら場久師匠ばかりでなく、手前どもも御贔屓《ひいき》を頂きたいもので。いえ下世話な事を申すつもりはございませんが、なにしろほら、長崎屋さんは身代も大きいですから。だって『さくらがり』んときの、花見のお重をご覧なさいな。あたしゃ格別グルメじゃないが、旨《うま》そうな物がふんだんにあるじゃござんせんか。ああいうものを、のべつ召し上がれる若だんなだ。離れの妖じゃあないが、ちょいと取り巻きたくもなりまさぁ。

それはそうと、あの花見の騒動には驚きました。まるでドタバタ喜劇でも見ているような……なんてのは、読んでるこっちの勝手な感想で、その場にいらした皆さんにとっちゃ、剣呑《けんのん》この上ない事態でございましたろう。

このエピソードも落語との共通点で、作中でも語られるいもりの黒焼き、これが出てくる噺があります。滅多《めった》に語られる事はない、珍しい部類の噺になると思いますが、タイトルもそのまま『いもりの黒焼』。東京では、今、演じる人はいないと思いますが、まさか『さくらがり』でお目に掛かれるとは思わなかった。噺家としちゃあ嬉《うれ》しかったですな。ところでこのいもりの黒焼き、今でも売っているようで、辞めていなければ都内にもたしかお店があります。もっとも、惚《ほ》れ薬の効能はないと思いますけどね。

しかしこの『しゃばけ』を拝読しておりますと、目に見える妖、見えない妖、実は身の回りにうじゃうじゃいるんじゃないかと思えてなりません。例えば手前どもの楽屋にも、穏やかな妖とぼけた妖、剽軽《ひょうきん》な妖に人を食ったような妖と、それらしいのがうじゃうじゃとおりますから。

え？　あたし？　とんでもない、あたしゃ違いますよ。怪しいオジさんとはよく言われますが、幸か不幸か妖じゃあない。正真正銘、人間様でございまさぁ。

えー、おしゃべりが過ぎました。それではここらで、お馴染《なじ》みの一席を……と申し上げたいんですが、どうやらお時間のようでございます。本日はここで失礼を……へ？　時間はかまわないから一席しゃべれ？

相済みませんご勘弁を。あたくしもこの後ちょいと用がありまして……。いえね、場久師匠んところへ伺って、怪談噺を稽古して頂くんでさぁ。

（平成二十六年十月、落語家）

この作品は二〇一二年六月新潮社より刊行された。

畠中恵著

いっちばん

病弱な若だんなが、大天狗に知恵比べを挑む！　妖たちも競い合ってお江戸の町を奔走。火花散らす五つの勝負を描くシリーズ第七弾。

畠中恵著

ころころろ

大変だ、若だんなが今度は失明だって!?　手がかりはどうやらある神様が握っているらしい。長崎屋を次々と災難が襲う急展開の第八弾。

畠中恵著

ゆんでめて

屏風のぞきが失踪！　佐助より強いおなごが登場!?　不思議な縁でもう一つの未来に迷い込んだ若だんなの運命は。シリーズ第9弾。

畠中恵著

やなりいなり

若だんな、久々のときめき!?　町に蔓延する恋の病と、続々現れる疫神たちの謎。不思議で愉快な五話を収録したシリーズ第10弾。

畠中恵
柴田ゆう著

しゃばけ読本

物語や登場人物解説から畠中・柴田コンビの創作秘話まで。シリーズのすべてがわかるファンブック。絵本『みぃつけた』も特別収録。

畠中恵著

つくも神さん、お茶ください

「しゃばけ」シリーズの生みの親ってどんな人？　デビュー秘話から、意外な趣味のこと、創作の苦労話などなど。貴重な初エッセイ集。

畠中 恵著

アコギなのかリッパなのか
―佐倉聖の事件簿―

政治家事務所に持ち込まれる陳情や難題を解決するは、腕っ節が強く頭が切れる大学生！「しゃばけ」の著者が贈るユーモア・ミステリ。

畠中 恵著

ちょちょら

江戸留守居役、間野新之介の毎日は大忙し。接待や金策、情報戦……藩のために奮闘する若き侍を描く、花のお江戸の痛快お仕事小説。

上橋菜穂子著

精霊の守り人
野間児童文芸新人賞受賞
産経児童出版文化賞受賞

精霊に卵を産み付けられた皇子チャグム。女用心棒バルサは、体を張って皇子を守る。数多くの受賞歴を誇る、痛快で新しい冒険物語。

上橋菜穂子著

闇の守り人
日本児童文学者協会賞・
路傍の石文学賞受賞

25年ぶりに生まれ故郷に戻った女用心棒バルサを、闇の底で迎えたものとは。壮大なスケールで語られる魂の物語。シリーズ第2弾。

上橋菜穂子著

夢の守り人
路傍の石文学賞・
巌谷小波文芸賞受賞

女用心棒バルサは、人鬼と化したタンダの魂を取り戻そうと命を懸ける。そして今明かされる、大呪術師トロガイの秘められた過去。

上橋菜穂子著

狐笛のかなた
野間児童文芸賞受賞

不思議な力を持つ少女・小夜と、霊狐・野火。森陰屋敷に閉じ込められた少年・小春丸をめぐり、孤独で健気な二人の愛が燃え上がる。

仁木英之著
僕僕先生
日本ファンタジーノベル大賞受賞

美少女仙人に弟子入り修行!? 弱気なぐうたら青年が、素晴らしき混沌を旅する冒険奇譚。大ヒット僕僕シリーズ第一弾！

仁木英之著
薄妃の恋
―僕僕先生―

先生が帰ってきた！ 生意気に可愛く達観しちゃった僕僕と、若気の至りを絶賛続行中な王弁くんが、波乱万丈の二人旅へ再出発。

高橋由太著
もののけ、ぞろり

白狐となった弟を元の姿に戻すため、大坂夏の陣に挑んだ宮本伊織。死んだはずの織田信長が蘇って……。新感覚時代小説。

高橋由太著
もののけ、ぞろり
お江戸うろうろ

人間に戻る仙薬「封」を求め江戸を訪れた宮本伊織と《鬼火》。お狐さまに憑かれた独眼竜伊達政宗に襲われて……。シリーズ第二弾。

越谷オサム著
陽だまりの彼女

彼女がついた、一世一代の嘘。その意味を知ったとき、恋は前代未聞のハッピーエンドへ走り始める――必死で愛しい13年間の恋物語。

越谷オサム著
いとみち

相馬いと、十六歳。人見知りを直すため始めたのは、なんとメイドカフェのアルバイト！ 思わず応援したくなる青春×成長ものがたり。

宮部みゆき著

本所深川ふしぎ草紙

吉川英治文学新人賞受賞

深川七不思議を題材に、下町の人情の機微とささやかな日々の哀歓をミステリー仕立てで描く七編。宮部みゆきワールド時代小説篇。

宮部みゆき著

かまいたち

夜な夜な出没して江戸を恐怖に陥れる辻斬り〝かまいたち〟の正体に迫る町娘。サスペンス満点の表題作はじめ四編収録の時代短編集。

宮部みゆき著

幻色江戸ごよみ

江戸の市井を生きる人びとの哀歓と、巷の怪異を四季の移り変わりと共にたどる。〝時代小説作家〟宮部みゆきが新境地を開いた12編。

宮部みゆき著

初ものがたり

鰹、白魚、柿、桜……。江戸の四季を彩る「初もの」がらみの謎また謎。さあ事件だ、われらが茂七親分——。連作時代ミステリー。

宮部みゆき著

堪忍箱

蓋を開けると災いが降りかかるという箱に、心ざわめかせ、呑み込まれていく人々——。人生の苦さ、切なさが沁みる時代小説八篇。

宮部みゆき著

平成お徒歩《かち》日記

あるときは、赤穂浪士のたどった道。またあるときは箱根越え、お伊勢参りに引廻し、島流し。さあ、ミヤベと一緒にお江戸を歩こう！

ひなこまち

新潮文庫　は－37－11

平成二十六年十二月一日発行

著者　畠《はたけ》中《なか》恵《めぐみ》

発行者　佐藤隆信

発行所　株式会社　新潮社

郵便番号　一六二―八七一一
東京都新宿区矢来町七一
電話　編集部(〇三)三二六六―五四四〇
　　　読者係(〇三)三二六六―五一一一
http://www.shinchosha.co.jp

価格はカバーに表示してあります。

乱丁・落丁本は、ご面倒ですが小社読者係宛ご送付ください。送料小社負担にてお取替えいたします。

印刷・大日本印刷株式会社　製本・憲専堂製本株式会社

ISBN978-4-10-146131-1 C0193